小学館文庫

絡繰り心中

〈新装版〉

小学館

目次

第一章

一

女は一人で死んでいた。

文化八年（一八一一年）如月《きさらぎ》の朔日《ついたち》。江戸、吉原《よしわら》。明け六つ（午前六時）を告げる浅草寺《せんそうじ》の鐘が辺りに鳴り響いていた。

明けの烏《からす》がけたたましい鳴き声を上げている。幾羽もの黒い影は朝もやの空をぐるりと舞いながら、一羽、また一羽と降りてくる。

吉原の外を囲むおはぐろどぶの向こうには、日本堤《にほんづつみ》が通っている。堤の手前は一面の田んぼだ。如月ともなれば、田は空っぽで雑草の一つも生えてはいない。

その色のない地面に、黄柳色の袖《そで》を広げ、白い首筋に朱色を散らした女が、天を仰いで倒れていた。

女の目ははっきりと見開かれ、眦《まなじり》には涙のあとが残っており、右目の端《はし》に涙黒子《なみだぼくろ》が点、とついていた。

その女を最初に見つけてしまったのは、黒い羽織の男芸者のなりをした若い男である。

男は名を金四郎《きんしろう》という。

昨夜、踊り、歌い、喉《のど》はカラカラに渇いていた。しかも、自分を連れてきた男は花魁《おいらん》のところで高いびきをかいていて、起きる気配は微塵《みじん》もない。

ふらりふらりと妓楼を出て大門《おおもん》まで歩いてきたら、空の烏がやけにうるさい。黒い雲のように舞う烏たちの姿は異様に思え、そのまま大門の外へ出て、そこに女の骸《むくろ》を見つけた。

金四郎は慌てふためき、辺りを見渡した。かつてであればこの明け六つ時は、朝帰りの客を見送る女郎と客がさわさわ出だすころだというのに、近頃ではてんで景気が悪くて人気《ひとけ》もない。金四郎は、すぐさま大門の番所に駆け込んだ。

番所にいたひげ面の大男は、飛び込んできた男芸者の必死の形相に目を剝《む》いた。

「し……死んでいる」

「何が」

金四郎は、上がる息の中でようやっとその一言だけを口にした。

「そこの田んぼで、女が一人、死んでいる」

金四郎は田んぼのほうを指さした。肩で息を繰り返す。番所の男は、驚いたように顔を上げたが、不意に金四郎の腕を摑《つか》んだ。

「お前、どこの座敷に上がっていた」

金四郎は、迫り来る番所の男の大きなひげ面に軽く身を引く。

「三雲太夫《みくもだゆう》のお座敷です」

番所の男は花魁の名で手を引いた。三雲と言えば、稲本屋《いなもとや》のお職《しょく》花魁だ。下手に絡《から》めば厄介になると思ったらしい。金四郎は番所をすり抜けて大門を入り、一軒の妓楼《ぎろう》へと飛び込んだ。階段を駆け上がり一つの部屋の前で足を止めると、襖《ふすま》越しに声をかける。

「先生、起きてますか。人死にがありましたよ」

その声に、中の気配がピンと張り詰めた。勢いよく襖が開くと、老年の男が色鮮やかな女物の襦袢《じゅばん》を羽織って仁王立ちに立っていた。

「金四郎、てめえ、今、なんて言った」

金四郎は、先生の怒鳴り声に軽く身をすくめたが、すぐに先生を見上げて再び言った。

「ですから、死んでいたんですよ。女が。大門の外の田んぼで」

先生は、襖の桟《さん》に腰を落とす。薄くなった頭をボリボリと掻《か》いていた。その背後では花魁が身じろぎをしたのか、ほのかに甘い香りが漂ってきた。

金四郎は、思わず中を覗《のぞ》こうと首を伸ばす。すると、すぐさまその額に、ぺちんと先生の手のひらが飛んできた。

「てめえで稼いで買いに来い」

「滅相もないです」

先生はもう一度ため息をつくと、よいせと立ち上がり、再び襖の奥に入っていく。

「ちょっと待っておけ」

襖の前で座り込む羽目になった金四郎は、ゆっくりと着替えている先生の立てる衣《きぬ》擦《ず》れの音に耳を欹《そばだ》てて待っていた。

やがて、襖が再び開いた。

中からは貫禄《かんろく》ある隠居といった風情の先生と、華やかな打掛《うちかけ》を羽織った花魁が現れた。稲本屋の三雲太夫といえば、揚代が一両一分と最上級の女郎である。それだけあって、顔立ちもさることながら、立ち居振る舞いの全てが色香に満ちて見えた。

「ぼさっとしてるな。行くぞ」

先生に後ろ頭をはたかれて、金四郎は慌てて後を追う。

「あら南畝《なんぽ》先生、もうお帰りで」

妓楼の女将が声をかける。

「いや、物騒なことがあったらしいよ」

先生……こと、大田《おおた》南畝はそう応《こた》えてから、金四郎を見やった。

「はい、人死にがありまして」

女将は、ひっと短い悲鳴にも似た声を上げて、口元を押さえた。

「それはいやですねえ……でも先生、まさか戯作《げさく》にしようっていうんじゃありますまいね」

南畝ははははは、と声を上げて笑った。

「最近じゃ戯作はお上《かみ》の取り締まりが厳しくて、書いても割に合わねえ。俺なんざ、木端《こっぱ》役人だよ。行くぞ」

南畝は金四郎を引き連れて外へ出た。

大田南畝といえば、稀代《きだい》の狂歌師として知られ、戯作者でもある。だが、一方では登用試験である学問吟味に受かり、役人として実績も積み、今は六十三歳にして支配勘定を務める現役。尤《もっと》も吉原では、狂歌師としての方が名が通っている。

「全く、お前を連れてくると碌《ろく》なことがねえ」

仲《なか》の町《ちょう》を歩きながら、南畝はぼやく。

「そんなこと言って、先生が俺を無理やり連れて来たんじゃありませんか」

金四郎は不服そうに口を尖《とが》らせた。南畝はふと足を止めて金四郎を振り返る。

「世間知らずの若様が、町方で暮らしているっていうんだから、気遣《きづか》ってやるのは当たり前さ。何せ、遠山《とおやま》さまには世話になっているからなあ……仕方ねえ」

「俺は頼んでいませんよ」

金四郎が言うと、南畝は再び金四郎の後ろ頭をはたいた。

「恩知らずが。とっとと歩け」

金四郎は、はたかれた頭を撫でさすりながら歩いた。

金四郎は旗本遠山家の息子でこの年、十九になったばかり。思うところあって家を飛び出し、木挽《こびき》町の長屋に住まいしながら、歌舞伎の森田座《もりたざ》に笛方の見習いとして潜りこんでいる。とは言え笛で稼げるわけでもなく、裏方の手伝いや、雑用をこなして日銭を稼いでいる。

父と懇意の大田南畝は、金四郎を気にかけてくれるのはありがたいのだが、その大半は、遊びの御伴だ。昨夜も、長屋を訪れるなり、黒い羽織を投げて寄越した。

「幇間《ほうかん》を雇うよりは、お前の方が安上がりだ。浮いた金で花魁を呼んでやるから、有り難くついてきやがれ」

と言うが早いか、猪牙舟《ちょきぶね》に乗せられ、吉原まで連れてこられた。

「ついてないのは俺の方です。先生は太夫と楽しく過ごされたんでしょうが、俺は花魁たちに相手にもされず、座敷で転がされたまま。寒くて目覚めて外に出れば、女の死体を見つけるなんて……」

南畝はその金四郎を横目に見ると、ふっと笑った。

「そりゃあお前、功徳の違いさ」

二人が並んで大門を出ると、既に人だかりができていた。おかげで烏は女の傍《そば》から飛び去っていたが、まだ、木の枝から虎視眈々《こしたんたん》とその身を狙《ねら》っているように見えた。

「おう、どんな按配《あんばい》だい」

南畝は、傍らに立っていた男に声をかけた。

「今、引き上げていますけどね」

吉原内を回る男衆《おとこし》の一人が畝で仁王立ちして、女を見下ろしていた。田んぼでは、女の傍らに若い男が三人、女を引き上げに行っていた。

「誰か分かりました」

一人の男が駆けてきた。

「誰だ」

「稲本屋の雛菊《ひなぎく》です」

その名を聞いても男衆はすぐには思い出せないようだった。そして、隣に立つ南畝を振り返った。男衆は南畝が三雲の相手だと知っているようだった。南畝はついと首を傾《かし》げた。

「いたような気がするな。涙黒子で覚えている」

「花魁ですか」

「少なくとも、お職じゃない」

かつては花魁といえば最高級の女郎であったが、今では大抵の女郎は花魁と呼ばれる。お職と呼ばれる最上級の女郎ではなくいくらか安値で買える。

すると男衆は、お職でなければ一安心だ、とあからさまに口に出し、ほっとしたように表情を和らげた。

「とりあえず稲本屋に知らせるか」

男衆たちは、はい、と声をそろえると、手早く戸板を運び、雛菊という女をそこに乗せた。野次馬たちを押しのけるようにしながら、畝を上がってくる。

金四郎は、思わず女の顔を覗《のぞ》き見てしまった。見開かれた目は光を失っていて、眦の涙のあとが、余計にその苦悶《くもん》を表しているようだった。しかし、その顔立ちは整っていることが知れた。

「あの女」

金四郎は、思わずつぶやいた。

そうしている間に女を乗せた戸板は、大門ではなく、羅生門河岸《らしょうもんがし》のほうへと運ばれていく。

「何だ。好みか」

「いえ。先生は覚えていらっしゃいませんか。昨夜、酔ってご祝儀をやるからと言って、大盤振る舞いを始めたでしょう。その宴席で、あの雛菊って女もいたんですよ」

「そうか。何どきまでいた」

「確か、子《ね》の刻（午前零時）ごろまではいました。隣に座っていたので」

「するってえとあの女が死んだのは、子の刻か、丑《うし》の刻（午前二時頃）ってところだな。誰も気付かないのも無理ねえ」

南畝は大きく伸びをしてゆっくりと歩き始め、金四郎は後をついて行く。

「俺、あの人と、少し話をしたんですよ」

「そうか」

「何を話したか聞かないんですか」

「話したいなら話せよ」

金四郎は、口を開きかけたものの、ふと首を傾げた。

「あれ、何を話したんだったか」

金四郎の脳裏には、はっきりとあの雛菊の右目の端にある涙黒子は思い出せるのに、そのとき話していたことが浮かんで来ない。南畝は、ため息をついた。

「若、人の死体は初めてかい。驚いて忘れちまったんだろう」

南畝の言葉に金四郎は、え、と言ったきり口を噤《つぐ》んだ。

確かにこの太平の世で、しかもつい先だってまで旗本屋敷の箱入り息子だった金四郎にとって、斬《き》り殺された無残な骸《むくろ》を見るなど、初めてのことだった。

「ま、そのうち思い出したきゃ思い出すだろうよ」

南畝は軽く金四郎の背を叩き、右に左にと行きかう人々を尻目《しりめ》に、舟着き場へと歩いていく。

屋根舟にひょいと乗る南畝のあとに続いて、金四郎も乗り込んだ。

隅田川の川面《かわも》には朝日が光を反射して眩《まぶ》しいほどだ。如月の川風は、寒さが増しているが、それでも朝の日差しの暖かさはじんわりと沁《し》みてくる。

「あんなことがなければ、幸せな朝だったのによう」

舟の縁《へり》に顎《あご》を乗せ、すねたように南畝がぼやく。その様子に金四郎は眉根《まゆね》を寄せる。

「人死にが出ているんですよ。もう少しこう……神妙にできませんかね」

正座してそう声を張る金四郎を、南畝は顎を舟の縁に乗せたまま、視線だけで見上げた。そして、ふん、と鼻で笑った。

「神妙にしたからって雛菊は生き返らねえし、世の中は変わるもんじゃねえ」

「そうですけど」

それでも、昨夜、隣で笑っていた人が死ぬというのは割り切れないものだと感じてうつむいていると、南畝が思いついたように言った。

「今朝の殺し、下手人《げしゅにん》は武士だろうな」

「どうしてそんなことが」

「あの傷は、刀だっただろう」

金四郎は改めて記憶を手繰《たぐ》る。

あの雛菊という女は首筋に血しぶきを散らしていた。その朱色は、確かに黄柳色の着物を斜めに横切っていたように思う。つまり雛菊は、正面から袈裟懸《けさが》けに斬られていた。

「正面で斬られているなんて」

刀を向けられれば大抵の人間は逃げようとする。すると、どうやっても傷は背中につくし、死に際もうつぶせていたかもしれない。しかし雛菊は、真正面から斬られて、天を仰いで倒れていた。

「妙な死に方だけどな」

「何が妙なんです」

金四郎が身を乗り出したが、南畝はそれきり黙った。

「まあ、考えても仕方ねえ」

「下手人がいるとするのなら、このままほうっておいていいものなんでしょうか」

するとと、南畝は扇でペンと金四郎の額をはたいた。

「てめえの親父そっくりな顔をしやがって」

その言葉に金四郎は声を飲み込み、ふいと視線を逸《そ》らした。

「顔は生まれつきですから」

「言うことまで、似てやがる」

金四郎は、そのまま黙って水面に目をやった。

「愛宕《あたご》には帰っているのか」

南畝の問いに、金四郎は苦笑する。

「まあ、正月には顔を出しましたよ」

愛宕には、金四郎の実家である旗本屋敷があった。

金四郎の父、遠山景晋《かげみち》は、旗本直参。ここ数年は江戸を離れて暮らしているが、お役目によって江戸に帰ることもあった。

昨年、元服するなり家出をした放蕩《ほうとう》息子のことを案じた父は、江戸に帰る度に遣いを寄越しては屋敷に帰るように促す。

「長屋を越してもまだ遣いが来るんですよ。俺の居場所を愛宕に知らせている人がいるようで」

金四郎が恨みがましく言うと、南畝はわざとらしく欠伸《あくび》をする。

大田南畝と景晋は、学問吟味で同年である。身分こそ違うが、同じ時期に長崎にいたこともあった。片や堅物奉行、片や放蕩狂歌師と、気質もまるで違うというのに、どういうわけか気が合う二人は、現在でもしばしば交流がある。

「先生、愛宕に文《ふみ》を出しているでしょう」

「仕方ねえだろう。あの人には弱いんだ。お前さんだって大人しく旗本屋敷にいて、親の金をくすねて、夜な夜な遊びに来るってくらいが、粋《いき》なもんじゃないのかい。その方が、今の倍は花魁にもてるだろうし、昨日のように座敷で一人で転がされていることはなくなるぜ」

金四郎はついと顔を背ける。

「俺は金がなくても女に放っておかれない男になりますよ」

すると南畝は、かかかと豪快に笑った。

「そんな男は余程の色気がないとなれねえよ。お前にそれがあるとは思えないがね」

そして笑いを納めると、暫《しばら》く黙って金四郎の横顔を眺めた。

「何です」

「いや……変なところで堅物だな。親の金で遊ぶのが忍びねえっていうんだろうがな、長屋住まいをしてまで学ぶことなんざ、特にありゃしないよ」

南畝は舟に置かれた煙草盆《タバコぼん》を引き寄せて、胸元の煙管《キセル》を取り出して火をつけた。紫煙が静かに青い空へと立ち上る。

「別に、俺は学ぶつもりなんてありませんよ。ただ、少しあの屋敷から離れてみたかったんです」

南畝は、うん、と静かに頷《うなず》いてからため息をついた。

「離れただけで、何かが変わると思ったら大間違いさ。親不孝なんざ、野暮なこった」

南畝は煙管の灰をトンと落として真《ま》っ直《す》ぐに金四郎の顔を見た。金四郎はついと目を逸らす。

「分かっています」

金四郎が、渋々そう答えたとき、舟が止まった。

「柳橋《やなぎばし》だよ。おりな」

南畝は、突き放すようにそう言った。見ると、確かにそこは柳橋の舟着場だった。

「それであの下手人は……」

南畝の考えを聞きたいと、それでも詰め寄ろうとする金四郎に、南畝はにやりと笑みを見せた。

「そんなこた知らねえよ。後味が悪いから、俺は今度は深川《ふかがわ》に行く」

金四郎は渋々と舟を降りる。深川には近頃、南畝が贔屓《ひいき》にしている芸妓《げいぎ》がいるという。

「朝ですよ。悪所通いもほどほどにするのが粋ってもんじゃないんですか」

南畝は、うるせえよ、と口を尖らせた。

「ご老体に鞭《むち》打たないように」

「黙れよ、小童《こわっぱ》。またな」

南畝は、降り立った金四郎に手を振ってからごろりと舟に横になる。

金四郎はただ流れていく舟を見送った。

二

怒鳴り合うような声がこだまする森田座の楽屋口。着物を持って走る者、櫛《くし》を口に咥《くわ》えて、役者の鬘《かつら》を直す者、書割《かきわり》を運ぶ者。中へ入った金四郎は、その火事場のような慌ただしい喧騒《けんそう》を聞きながら師匠の姿を探していた。

江戸には、公許の芝居小屋が三座ある。中村座、市村座、森田座の三つだ。うち、森田座は日本橋の木挽町にあった。興行は、明け六つ（午前六時）から夕七つ（午後四時）までと、芝居見物は、客にとっても一日がかりの大仕事でもある。

朝早くから森田座の中は、桟敷席《さじき》、枡席《ます》ともに、人々でごった返している。むっとした熱気と、歓声が、座の中には溢《あふ》れていた。

「金、てめえ、ボーッと突っ立ってるんじゃねえよ」

衣装係が金四郎を見つけて声を上げる。

「おい、師匠を知らないか」

金四郎が問うと、衣装係はくるりと首を巡らせた。

「ああ、利助《りすけ》さんなら、さっき座長と話していたぜ」

ひょいと顎で奥を指す。金四郎は奥へと足を進めた。

金四郎が家を出てから芝居小屋で仕事をしたいと言った時、南畝は懇意にしていた長唄《ながうた》の大家、芳村伊三郎《よしむらいさぶろう》という男を紹介してくれた。この伊三郎という男は、日頃は芝居小屋には殆《ほとん》ど出入りすることはない。ただ、伊三郎の弟子というと、芝居小屋にすんなり入りやすいとだけ聞かされていた。実際に、金四郎に笛を教えてくれているのは、芳村伊三郎の弟子である利助という四十をいくつか過ぎた熟練の男である。師匠である利助は、役者の見せ場での笛の調子や、間合いが絶妙だと評判だった。片や金四郎は、この利助の笛の世話やら幕間《まくあい》での賑《にぎ》やかしの囃子《はやし》の際に笛を吹くしか、できることはない。

芳村金四郎と名乗って小屋に入ったおかげで、小屋にいる者の大半が、よもや金四郎が旗本遠国奉行遠山景晋の息子などということは知らない。ここの人たちにとっては、金四郎は出来の悪い新米笛方である。

「おう、金《きん》。来てたか」

利助を探してうろうろと歩いていると、一人の男から声がかかった。小柄で口ひげを蓄えたその男は、筋書作者で、名を並木五瓶《なみきごへい》という。元の名は、篠田金治《しのだきんじ》といったが、師匠の初代並木五瓶が亡くなり、その名を継いだ。今回の舞台、「台賀栄曾我《しんぶたいさかえそが》」の本を書いている。

「師匠を知りませんか」

金四郎がそう問いかけると、五瓶は手のひらで金四郎の頭をぺちんと叩《たた》いた。

「お前という奴は、師匠の前に小屋入りするのが弟子だろうが」

金四郎は苦笑と共に首を竦《すく》めて愛想笑いを浮かべつつ、客席の方へ視線を転じた。

「それにしても、凄《すご》い入りですね」

調子良く言うと五瓶は満足そうにうなずいた。

「台賀栄曾我」とは、いわゆる曾我ものだ。鎌倉時代の武士、曾我十郎祐成《すけなり》と、曾我五郎時致《ときむね》の兄弟が、父の仇《かたき》である工藤祐経《くどうすけつね》を討った逸話をもとにした話で、年中行事のように、この季節になると公許の中村座、市村座、森田座の三座揃《そろ》って曾我ものをやるのが通例だった。どの本が面白い、どの役者が良かったと、江戸っ子の間では劇評が飛び交う。

　五瓶は今回、自信を持っているらしい。

「うちのは中村座とは、本の出来が違うよ」

　満足そうにうなずく。

「おっしゃる通り」

　太鼓持ちのような口ぶりに五瓶は苦笑して、金四郎の背中を叩く。

「お前は舞台を台無しにしないように、利助の世話をしたら、端っこで大人しくしていろ」

「思い切り、袖で調子外れの音を出したらどうします」

　金四郎が言うと五瓶がその頭を小突いた。その脇を、すーっと静かに利助が通り抜けて行く。

「師匠」

　金四郎が慌てて声をかけると、利助は表情を変えることなく金四郎を見た。

「おう、いたのか」

「遅くなってすみません」

「いや、端《はな》から何も望んじゃいないよ」

　淡々とした口調で言うと、舞台袖で笛の調子を確かめるように、息を吹き込む。笛を片手で握ったまま、もう一つの手で腿《もも》を叩きながら調子をとっているようだった。

愈々《いよいよ》、幕開きとなる瞬間が近づくとすっと立ち上がり、黒御簾《くろみす》の中へと進んでいった。金四郎は黒御簾の外からしゃんと伸びた師匠の背を見つめる。利助が笛を口元へと宛《あて》がい、大きく息を吸って吐いた。

ピーッと鳴り響くその音は、座の中に広がる雑多な空気を切り裂いて、ざわめく客席はしんと一瞬にして静まり返った。

「台賀栄曾我」が始まった。

舞台袖でその芝居を見入っていると、ふと背後から甘い香りがした。金四郎が振り向くと、そこには花魁姿の中山亀三郎《なかやまかめさぶろう》が立っていた。

「水」

その声に五瓶がちらと金四郎を見た。金四郎が辺りを見回すが、亀三郎の付き人は場を外している。金四郎は慌てて裏手で湯呑《ゆのみ》に一杯の水を入れると、すぐさま亀三郎の傍らに寄る。こぼさぬように、化粧を崩さぬように、細心の注意を払ってその口元に水を運ぶ。亀三郎はそれを一口飲む。

中山亀三郎は、当代きっての女形《おやま》である。素顔も細面《ほそおもて》の男前で、女の贔屓も多い。いわば千両役者というもので、普段ならば金四郎のような下っ端は、口をきくこともできない。金四郎は知らず手が震えた。

「もう結構」

亀三郎は手で軽く金四郎を押した。金四郎が下がると、そこに座ったままで暫《しばら》く目を閉じていた。流石《さすが》は千両役者、そこにいるだけで、白粉《おしろい》と衣に焚《た》き染《し》めた香が、辺りに広がり、舞台袖だというのに華やかさが増す。その装いはさながら吉原のお職そのもののようにも見えるが、カッと見開いた瞬間、その眼光の鋭さに驚かされる。

「いざ」

立ち上がると、打掛《うちかけ》の裾を翻して、颯爽《さっそう》と舞台へと出て行く。

「勇ましいな」

金四郎の一言に、同じく舞台袖から見ていた五瓶がふっと笑う。

「そりゃそうだ。ここが俺らの戦場だからな」

亀三郎が舞台上に現れると、客席からは歓声が上がる。その美しい姿と「戦場」という言葉はひどく不似合なものに思われたが、なるほど確かに、こうして客を魅了するのは「勝ち戦《いくさ》」というものかと思った。

「化粧坂《けわいざか》の少将っていうのはな、元は宮中の女房なのさ。それが遊女にまで落ちた。教養もあり、誇りも高い。そういう美しいけれど悲しい女なんだよ」

五瓶は自ら描いた化粧坂の少将を見ながら、嘆息するように呟《つぶや》いた。

美しく悲しい女と聞いて、金四郎はふと、昨日の朝の雛菊を思い出した。

あの雛菊というのはどういう女だったのだろう……そんなことが気になった。

客は、その日の全ての幕が下りて、最後の囃子が鳴っていても、それでもまだ、立ち去ろうとしないほどの熱気に満ちていた。

舞台裏もまた、汗と、白粉とで、何とも言えない高揚感があった。

金四郎は、そのままその余韻をかみ締めるように、再び舞台袖に行き、客席を覗き見る。すると桟敷席で自分に向かって手を振る人影を見つけた。

「先生」

南畝がいた。金四郎は雛菊の一件を尋ねようと、すぐさま裏手に回ったのだが、見つからない。急ぎでもあったのかと、楽屋に戻ると、一人の男がうろうろと楽屋内をうろついているのが見えた。男は、座の木戸で呼び込みをしている河童《かっぱ》と呼ばれる男だ。そして、金四郎を見かけると、駆け寄ってきた。

「笛方の芳村金四郎さんというのは」

「俺です」

「ああそうですか。こちらを渡すように言われておりまして」

河童は、困惑した様子で小さな文《ふみ》を金四郎に手渡した。金四郎は怪訝《けげん》な顔で河童を見る。

「何で、俺に」

「知りませんよ、あっしだって。役者に文ならまだしもねえ」

河童は苦笑して、踵《きびす》を返して出て行った。

「金四郎さままゐるってか」

不意の声に驚いて振り向くと、五瓶が、揶揄《やゆ》するような顔で立っていた。

「役者じゃなくても、笛方の見習い風情にまで文が届くようになったのか。俺も男ぶりを磨いておくかな」

「勘弁して下さいよ。どんな悪戯やら」

金四郎はそう言いながらも何か色っぽい話でもあるのかと、少しの期待をして急いで芝居小屋を出た。


外は、人で溢れていた。

夕七つを過ぎ、外は日が翳《かげ》り始めていた。

今しがた、芝居小屋を出てきた客だけでなく、その客を狙った物売りや、駕籠舁《かごか》き、出迎えのものなどごった返していた。金四郎は、小屋の裏手に回り、文を開いてみる。女文字のような、やさしい手跡で、「ささのや」と記されている。それは、森田座のある木挽町の芝居茶屋である。芝居茶屋は、桟敷席をとる際の仲介とともに、時には役者を呼び出す差配もする。千両役者ともなると、そうそう呼び出すのも楽ではないが、そこまで知れた役者でなければ、芝居茶屋で客と一献《いっこん》傾けるものも多い。

金四郎は、そこに記された「ささのや」に、向かってみることにした。

「芳村金四郎です」

芝居茶屋の女将《おかみ》は金四郎の顔をまじまじと見詰めてから、ふっと笑い、

「あなたが」

と、含みのある言い方をした。金四郎が眉根を寄せたのを見て、女将はすぐさま笑いをおさめると、仲居を呼んだ。仲居もまた、金四郎を見るなり奇妙な顔をしつつ、二階の座敷へ通された。

「おいでです」

金四郎は、一体、誰が待っているのか……と思いつつ、頭を垂れたまま廊下に座り、仲居が襖を開けてくれるのを待った。襖はすらりと開いた。膝《ひざ》を進めると、襖は背後で閉まった。

「森田座笛方の芳村金四郎でございます」

「金四郎」

声は男のものだった。しかも聞き覚えがあった。金四郎は顔を上げる。

「父上。なぜ、ここへ」

「すまぬ」

その声はか細くもあった。

金四郎の父、遠山景晋は、千石の旗本の四男として生まれ、遠山家に養子に入った。小姓組組士という五百石あまりの役職につくはずであったが、大田南畝と同じ年、学問吟味を受けて立場は大きく躍進した。ここ数年は、長崎、奥州、蝦夷《えぞ》、対馬《つしま》と遠国に派遣され、異国との交渉という大役に当たる千石の旗本である。まもなく長崎奉行になるというもっぱらの噂《うわさ》だ。

「父上が、このような場所においでになるとは、思いませんでした。今は長崎か対馬辺りにおいでとばかり」

「このたび、御用の向きで江戸に上がったのでな。大田殿に無理を言って、案内いただいたのだ」

景晋はきまり悪そうに黙り込み、目の前の膳に手も出さず、ただ居住まいを正して座っていた。金四郎も向かいで黙り込んでいたが、やがてその沈黙が苦しくなり、ついと膝を進めて父に猪口《ちょこ》を手渡してそこに酒を注《つ》いだ。

「どうぞ」

「うむ」

気難しい表情で猪口に酒を受けた景晋は、それを一口舐《な》める。そのまま再び沈黙が続いていたが、やがて景晋が意を決したように猪口を膳に置き、金四郎の顔を見据えた。

「そなたがこうして町に暮らすのは、やはり家を捨てたいからなのか」

真剣な表情を前にして、金四郎は思わず目を逸らす。しかし、気迫から逃れることができず、ゆっくりと顔を上げて父を見据えた。

「違います」

「ならばなぜ。確かに遠山の家は景善《かげよし》に継がせることに相成った。だが、いずれはそなたに継がせるようにと考えている」

声は低く落ち着いていたが、熱く訴えかける力があった。

景晋は、先代の遠山景好《かげよし》の実子ではない。跡継ぎのいない景好のために、養子に入ったのだ。しかし、皮肉なことに、景晋が養子になった途端、景好の子、景善が生まれた。

その後、景好が逝去《せいきょ》すると、いよいよ家督の問題になった。

養子であった景晋は、景好の死後、ようやく将軍にお目見えし、小普請方《こぶしんかた》という役についた。それとともに景善を養子に迎え、景善の養子として金四郎を届け出た。

こうすることで景晋の次の次の代で、遠山家は金四郎が当主となる算段になっていた。

「父上」

景晋は、無言で息子の言葉の先を待つ。

「父上もご健勝でいらっしゃるし、景善さまもまだお若い。私が遠山の家を継ぐには今しばらくの時がありましょう。その間にこの江戸のことを、よく知っておきたいと思ったのです」

景晋は、真っ直ぐに金四郎を見据える。

金四郎は昔からこの父の視線が苦手だった。何もかも暴かれ、嘘《うそ》がつけない心地になる。だが今は、それをしっかりと見返した。

「私は父上の子として、何の苦労もなく育てていただきました。故に、市井《しせい》や町方の暮らしとはいかなるものか殆ど存じませんでした。しかしこの江戸は、武家だけが暮らしているわけではございません。だから世間を知るためにも今はこうして、町で暮らしたいのです」

金四郎は、一気に吐き出すようにそう言った。父はしばらく黙り込み、再び猪口の酒を口に運んだ。その所作は流れるように毅然《きぜん》としている。

「笛方をして暮らしていることで、そなたに何か見えてくるものがあるのか」

父の厳しい口調に金四郎が反駁《はんばく》しようと口を開きかけたとき、すぐ次の間の襖が、さらりと開いた。

「まああ遠山さま」

不意に、緊迫した空気を断ち切るような、明るい声が響く。

「先生」

そこには大田南畝が頭を掻きながら立っていた。

「大田殿」

景晋が困惑を満面に浮かべて南畝を見上げる。南畝は二人の膳の間にどっかと腰を下ろすと、金四郎の肩を叩いた。

「何も笛方だけやらせて芸人にさせようっていうんじゃありませんよ。色々と見聞を広めているんです」

「例えばどのように」

景晋は、至極、生真面目《きまじめ》な表情で南畝を見る。南畝は、

「ほら、あれ、そら」

と、視線を泳がせながら言葉を探る。景晋は怪訝な顔をしたが南畝は、ふと思いついたように、ポンと手を叩いた。

「実はね、先日、奇妙な殺しがありましてね」

「殺し」

「吉原の遊女が、武家に殺されたんですよ」

「吉原」

堅物な景晋は、既に顔をしかめた。南畝はそんな景晋の様子をうかがいながら、懐から扇を出してパタパタと扇《あお》ぐ。

「下手人が未だ逃げおおせているのを金四郎が調べたいって言うんです。さすがは遠山さまのご子息、義勇に富んだ気質《かたぎ》ですなあ」

金四郎は驚きつつ南畝を見た。南畝は金四郎を見てにやりと笑った。

「ねえ、若様」

南畝の言葉に、今度は景晋が真っ直ぐに金四郎を見た。金四郎は、言葉を探りながら思わず父から目を逸らしてしまった。

「まことか、金四郎」

「はい……あの……」

金四郎はすっと膝を引き、両手をついて頭を垂れた。

「父上。私は旗本屋敷の中だけで生きていたら、そんな風に殺されて捨て置かれる人がいることなど、気にせずにいたやもしれません。しかしたったそれだけでも、私の世間は大きく広がった。父上には遠く及ばぬまでも、私も、義勇を尽くしてお上にお仕えするためにも、知れるものは知っておきたいのです」

そこまで一気に言い放った後、額から汗がぽたりと垂れて、畳の目に染みていくのが見えた。重い沈黙が続いたが、やがて、景晋は、何も言わずに刀を手にして立ち上がる。

「父上」

父は静かにうなずいた。

「あい分かった。もし、そなたが真に道を見失っているのだとしたら、刺し違える覚悟もあった。だが、今しばらく、好きにするがいい。大田殿にご迷惑をかけぬように」

景晋はそう言うと、懐から頭巾《ずきん》を取り出してそれを被る。そして悠然と襖を開けて部屋を出て行った。

金四郎は両手をついたまま、力が抜けたように額を床に預け、大きくため息をついた。南畝は割れるような大笑いをした。

「あんな頭巾を被って思いつめた顔をして、芝居茶屋で芸人を呼び寄せたりしたら、陰間《かげま》趣味のお武家と思われるじゃねえか。ああいうずれたところがあるから、俺はあの人が嫌いになれねえんだよなあ」

「勘弁してくださいよ。俺は今、寿命が縮みました」

「義勇を尽くしてお上に仕えるんだろう」

「先生が無茶を言うからです」

「おう。我ながらいい大義名分じゃねえか。市井を知るには、ああいう騒動から調べてみるのも一つの修行さ」

そして、南畝は当たり前のように景晋が残していった膳の酒を飲み始める。

「旗本の遠山さまと御家人の俺とでは、身分も違うし育ちも違う。しかし、あの人はそういう狭量さがない。今回もお前のことが心配だって、俺の屋敷まで頭を下げに来たんだからな」

金四郎は膳に置かれた箸《はし》を取ると、父が丸ごと残していった刺身に手を伸ばす。

「そういう人だっていうのは、知ってますよ」

南畝は思い出したように笑い出す。

「お前さんが小さいころから子煩悩《こぼんのう》は有名だ。元服したとはいえ、あの人にとってお前は、可愛い可愛い若君なんだろう。だからこそ誰よりもお前に、自分の築いた遠山の家を継がせたいんだろうよ。それがまだまだ先になって口惜しいんだ」

「それじゃあ、景善さまに申し訳ない」

「まあな……それはともかくさっきの話、どうする」

身を乗り出した南畝の前で、金四郎は首を傾げた。

「どうするって何がです」

「お前さん、雛菊の一件が気になっているんだろう。下手人がこのまま逃げるのはいかがなものかとか、大層なことを言っていたじゃないか」

「確かに、ああして死体を目の当たりにしたことは初めてですから気にはなっていますよ」

南畝は、ふうん、と半ば嘲笑《ちょうしょう》を含んだ笑みを浮かべた。そして、金四郎の肩に手を置いた。

「じゃあ、調べてみるのもいいんじゃないか。ただし、命を懸けるなんて無粋な真似はするんじゃねえぞ。ほどほどにな」

金四郎は苦笑した。

「意地があるなら、命を懸けて貫くのが武士ってもんじゃないんですか」

南畝は、けっとせせら笑う。

「いつの時代の話だい。ほどほどっていうのも美徳のうちさ」

「玉川上水のために、体まで壊して働いた人の言葉とも思えませんが」

金四郎がそう言うと、南畝は猪口の酒を舐めてから、またしても自嘲するように笑った。

「それで悟ったのさ。無茶なんてするもんじゃねえって。有り難い先人の言葉として受けておけ。ほどほどに力は貸してやるよ。俺も、あんな事件を見たままにしとくのは、後味悪いからな」

「結局、先生が気になってるってだけじゃありませんか」

南畝は、にやりと悪戯《いたずら》めいた笑みを見せた。

三

「雛菊のことを知りたければ、まずは吉原に行け」

と、南畝は言った。それは正しいだろうと金四郎も思う。だが、一人で吉原に飛び込むのは勇気が要《い》るものだ。

今はまだ夕刻。たそがれ時に改めて見上げる吉原の大門は、夜に見るよりも一層、重さと大きさを増して見えた。

一昔前は大名や豪商たちが贅《ぜい》を競って遊んだものだというが、今はかつてほどの華やぎはない。それでも十分、そわそわと浮かれた心をくすぐる場所ではある。

その時、不意に背後に人の気配がした。振り返ろうかと思うが早いか、金四郎の肩に勢いよく腕がかけられた。

「昼日中《ひるひなか》に何してやがる」

低い声には聞き覚えがあった。

「国貞《くにさだ》さん」

国貞と呼ばれた男は金四郎の肩を組んだままで、大門を見上げた。

「ここは金のある者にとっては天国だがな、お前さんのような小童が遊んでいいような場所じゃあるまい」

国貞は金四郎の肩を慰めるよう叩いた。

「しがない笛方見習い風情には地獄が待っているぞ」

さながら怪談でもするかのような口ぶりだ。国貞の色黒の横顔を見ながら、金四郎は苦笑する。

「違いますよ、南畝先生のお遣いです」

「ああ、あの先生かい」

国貞は得心したように頷《うなず》いた。

「そういう国貞さんこそ、吉原で遊べるほど稼げているとは知りませんでした」

「嫌味なことを言うなよ。どうせ俺は売れない絵師だよ」

歌川《うたがわ》国貞はこの年、二十六歳。森田座の役者絵を手掛けており、絵師の歌川豊国《とよくに》のもとに住み込みで修業している。昨今、小町絵などが売れ始めているが、吉原で豪遊できるような金はまだ入っていないはずであった。

「国貞さんは何をしに来たんです。地獄を見るつもりですか」

金四郎が言うと、国貞は平手で金四郎の頭をはたいた。

「誰がだ。ちょっと野暮用だよ」

「野暮用って、まさか間男でもしているんじゃないでしょうね」

金四郎が窺《うかが》うように笑うと、国貞は笑いを納めてふっと表情を曇らせた。

「以前、似絵を描いた女郎が死んだって聞いてな。絵だけでも店に届けようかと」

国貞は懐をまさぐり絵を取り出すと、ずいと金四郎に差し出した。

そこには、鼻筋が通った切れ長の目が美しい女が一人、描かれていた。目じりに、点、とついた涙黒子を見て、金四郎は驚いて顔を上げた。

「雛菊は、ご贔屓《ひいき》でしたか」

「いやいや、花魁を贔屓にできるかい。この前、師匠に連れられて一度、描かせてくれって描いたんだ。お前、どうして雛菊を知っているんだ」

「いえ、実は私が見つけたんですよ。その……骸を」

「そうなのか」

国貞は目を見開いて、金四郎を見た。金四郎は、はい、と頷いてから、大門の外の田んぼを指差した。

「あそこの田んぼです。こう、仰向《あおむ》けで倒れていましたよ」

金四郎はそのときの様子を話して聞かせた。国貞は暫く黙って聞いていたが、ふと眉根を寄せた。

「雛菊は一人で死んでいたって聞いたんだが、本当か」

「はい。一人、田んぼの中で」

国貞の言葉に、金四郎は首を傾げる。

「おかしいだろう」

「おかしいって何がです」

「そもそも、足抜けの仕置きで死んだのなら、田んぼに死体を晒《さら》すような真似《まね》を男衆がするはずがない。自害だったら部屋ですれば済む」

「まあ、そうですねえ」

女郎たちは、年季が明けるまで塀の外に出られない。それでも、駆け落ちを試みるものはあとを絶たない。もし見つかった場合、遊里の男衆に追われ、折檻《せっかん》の末に死に至ることも珍しくない。だが、それは内々のこととして男衆たちが処理することになっていた。

「殺しにしたって真正面っていうのは妙だ。普通、見ず知らずの人間に斬りかかられたら逃げるもんだ。そうしたら、背中が斬られるはずだろう」

「じゃあ一体」

金四郎は、何もない田んぼを見詰めながら、腕を組んでいた。すると、国貞は再び懐に手を入れた。そして、その中にある財布を取り出すと、丁寧に畳まれた紙を広げて見せた。

「これを見てくれ」

そこには「国貞さままゐる」と記された女文字が並び、最後には「ひな菊」と記されていた。人の恋文を読むのも無粋と思いつつ、金四郎はその内容に目を走らせた。

「恋の手本となりにけり」

と、記されている。金四郎は、それを声に出して読んでみた。聞き覚えのある節回しだった。

「これ、曾根崎心中《そねざきしんじゅう》でしょう」

近松門左衛門の浄瑠璃の名作である。上方《かみがた》で実際にあった話を元にした作品で、醬《しょう》油屋《ゆ》の手代徳兵衛《とくべえ》と、遊女お初《はつ》の心中事件を描いた作品だった。心中を助長するとして、上演の禁令が出ていたが、読み本としては出回っていた。この節は、心中という二人の恋の形が、あらゆる身分の人々にとって手本となったという、最後の一節である。

「何ですか、これは」

金四郎の問いに国貞は、眉根を寄せた。

「分からねえ。先だって師匠と遊びに来た翌日に、雛菊からこの文が届いた」

金四郎は文を手に取る。紙も上質で、香まで焚き染めてあった。丁寧に書かれた文字からも、何かしら本気の思いを受けることができる。

「初会《しょかい》ですよね」

「そうだ」

吉原の遊びには、細かいしきたりがあった。

花魁の客になるためには、三回は通わなければならない。一回目は初会といって、顔を合わせるだけ。二回目は「うら」といって、少し打ち解けて話をする。そして三回目まで通ってやっと床入りをするというものだ。

この面倒な手順をいとわず金を積んでも遊びたい人だけが、吉原で楽しむことができる。もし一度、女を抱きたいだけならば、河岸見世《かしみせ》と呼ばれる安女郎の店もある。

しかしそこに出入りしただけでは吉原の面白さは味わえないというのが、粋人たちの言い分だった。

つまり、初会だけで文まで寄越すのはかなり珍しいことなのである。

「それで国貞さんは、こいつは俺に惚《ほ》れやがったなと、にやけていたというわけですね」

国貞は、むっとしたように顔を険しくしたが、軽くうなずいた。

「まあ、そうだ。一目惚れでもされたのかと思ったんだよ。一緒に死にたいほどに、一途《いちず》に思ってますよって意味だと思っていたのだが、実際に死んだとなると、そら恐ろしい」

「つまり」

「本気で心中するつもりだったんじゃないか。それで、死んだのはそのせいなんじゃないか」

国貞は、金四郎から文を取ると、再びそれを財布にしまい込んだ。

「相手は誰ですか」

「いや、だから、どうして一人で死んでいるのかは分からねえけどさ」

金四郎と国貞は顔をつき合わせて首を傾げた。が、やがて金四郎は意を決して大門に向き直った。

「ここで国貞さんと話していても埒《らち》が明かない。行きます」

「どこへ」

「事情を知っているという人のところです。先生の紹介があります」

そう言って足を踏み入れようとしたところで、国貞はぐいと金四郎の腕を摑《つか》んだ。

「いや。たとえ南畝先生の紹介状があったとしても、そうそう物騒な話なんぞ、聞けるもんでもないだろう。思いがけない金をふっかけられる。吉原ってのはそういうところだ」

国貞は、美人画を数多く描いてはいるが、吉原に出入りするのは師匠のお供と決まっているらしい。

「でも行くんです。丁度いいから国貞さんも来て、話を聞きましょう」

金四郎はもう一度大門を見上げ、しっかりと国貞の腕を摑むと、そのまま一歩を踏み出した。

仲の町に人気《ひとけ》は少ない。格子の向こうには、心ここにあらずといった様子で女郎たちが座っているのが見える。金のなさそうな若い二人連れはさほど見向きもされず、金四郎は、一軒の妓楼に足を踏み入れた。

「おいでなさいまし」

女将は、笑顔で、足の先から頭のてっぺんまで、なめるように見回してから、怪訝な顔をする。金四郎は、胸元から南畝の書いた文を出した。

「大田先生のお使いで、お勝《かつ》さんって人に会いに来たんですけど」

すると、女将は、顔から笑顔を消した。聞こえよがしなため息をつくと、二人に向けてあごをしゃくって見せた。

「裏へ回りな」

金四郎と国貞は店を出て裏手に回った。裏手に回ると、井戸で洗い物をしている女たちがいた。女将は、女たちのところへ歩み寄る。

「お勝」

「はい」

その声に一人の女が立ち上がった。年のころは二十歳《はたち》くらい。背は小柄で小太りで、色黒の女だった。

「あんたに客だよ」

「あたしにですか」

女将は、そのまま中へと引っ込んだ。お勝という女は、金四郎と国貞を見て首を傾げた。金四郎と国貞は顔を見合わせ、お勝に会釈をした。

裏木戸から中へ招かれた二人は、土間に置かれた縁台に腰掛けた。お勝は、二人に茶を出してきてくれた。肩から下げた手ぬぐいを無造作にとると、お勝はそれで顔の汗を拭《ぬぐ》って、二人に向き合うように上がり框に腰掛けた。

「お客さんなんて久しぶりだから照れ臭いね」

お勝は笑った。

「大田南畝先生から、お勝さんを訪ねるように言われまして」

「寝惚《ねぼけ》先生から」

寝惚先生というのは、南畝がかつてよく使っていた筆名であった。

お勝はそう言うと、かかか、と、声を立てて笑った。

「ごめんなさいな、先生が、いっつも寝惚って呼べって言うもんだから」

お勝の口調は、どこか地方の訛《なま》りが混じっているようだった。女郎の大半が、食い詰めた貧しい農家などから売られてくる。その訛りを消すために、廓《くるわ》言葉という独特の口調が生まれていた。そのため、花魁たちの口からは訛りを聞いたことはない。

「どこの生まれですか」

「あたしは陸奥《むつ》。これでも女衒《ぜげん》に買われてきたんだよ。三雲太夫とは、従妹《いとこ》だ」

金四郎と国貞は知らず顔を見合わせた。三雲といえば、今この吉原では名妓の一人と謳《うた》われる花魁である。過日、金四郎も目にしたが、透き通るような白い肌の美しい女だった。目の前にいるお勝とは比べようもない。

絶句する二人の様子を見て、お勝はまた笑う。

「みんなそんな顔をするよ。でも本当だ。同じ村で生まれてね。父ちゃんの妹が、三雲太夫の母親。もっとも、あの子のおかげであたしが今でもこうしてここに置いてもらえてるんだけど」

お勝は妓楼に向かって手を合わせ、ありがたや、と唱えた。

「それで、何の話で来たんだい」

「ああ、はい」

金四郎は国貞を振り返る。国貞はさきほど金四郎に見せた雛菊の絵を見せた。

「雛菊だ」

お勝は、絵を手に取って感嘆の声を上げた。

「この人、先日、亡くなりましたよね」

お勝は、ふう、とため息をついて深くうなずいた。

「悲しいね。あんなふうに死んでしまうなんて」

「あれは、殺しなんでしょうか」

金四郎の視線の先で、お勝は眉をひそめ、首を傾げた。

「さて」

「だって、斬られていたんですよね、しかも、大門の外で」

金四郎が畳み掛けると、お勝は、うん、と唸《うな》る。そして、国貞の顔をしみじみと見上げた。

「あんた、一度、雛菊に会ったんなら、文をもらったろ」

国貞はうなずいて懐にしまっていた文を取り出して、お勝に見せようとしたが、お勝はひらひらと手を振った。

「字、読めないのさ。中身は何て」

「恋の手本となりにけり……って、曾根崎心中っていう浄瑠璃の一節なんですよ」

国貞が言うと、お勝は、驚く様子もなく黙って聞いていた。そして、国貞を真っ直ぐに見上げた。

「心中して欲しいって、言われたのかい」

「初会って言っても、師匠もいた宴席だし、絵を描きながら言われたことですから。冗談だと思いましたけど」

「で、通ったのかい」

「まさか。雛菊は、三雲太夫ほどじゃないにせよ、高いですからね」

お勝は、そりゃそうだ、と言って笑ってから、あかぎれだらけの手を擦《す》り合わせた。そして、何かを決意したようにうなずいた。

「雛菊はね、心中しそこなったんだ。相手は逃げたんだろうと思ってるよ」

国貞は、手にしていた文を思わず握り締め、それを慌てて引き伸ばし、胸元に押し込んだ。

「誰と」

国貞の言葉に、お勝は苦笑した。

「それが分かれば、言うさ」

「それほど思い合う馴染《なじ》みがいたってことですか」

お勝は金四郎の言葉に首を横に振る。そして、ゆっくりと話し始めた。

「雛菊はね、私らとは違ったんだ」

三雲太夫やお勝のように、貧農から売られてきた娘ではなく、元は、御徒《おかち》あたりの武家の出だという。売られてきたのは、既に十七のころだったが、文字の読み書きから、礼儀作法、音曲にいたるまで、一通りのことはできていた。元の名は菊といい、雛人形のように品のいい可愛い娘だからと、主人が雛菊と源氏名をつけた。

「これは、お職花魁になるに違いないと噂されていたけれど、遂には三雲太夫に敵《かな》わなかったのさ」

三雲は、幼いころから廓で育ち、それらの礼儀も知識も廓で習った。それでも、花魁としての格は、三雲のほうが上になった。

「三雲太夫には華がある。でも雛菊にはそれがないって、みんなは言っていた」

お勝が見ても、その通りだと思っていた。雛菊はよく、店の陰に隠れては泣いて、恨み言を言っていた。互いに敵視しあう花魁同士の中にあっては、弱音を吐くことも、泣くこともできない。だが、お勝にだけは本音で接していた。

「花魁たちにとって、あたしはそういう役目なのさ」

ある時、雛菊が本気で惚れた客が現れた。その男が来るたびに嬉《うれ》しそうで、今までの雛菊とは異なり、華やかさが増していた。

「どなたですか、と言ったら、雛菊はね、清《せい》さんという人だって。御徒の息子で、小《お》川《がわ》町から来てるって」

「その清っていう人に、心中を持ちかけたってことは」

お勝は、首を傾げた。

「どんな人だか教えてください。この人が、似顔を造りますから」

金四郎はそう言うと、国貞の腕を揺すった。似せ絵を描くために、国貞は胸元から矢立《やたて》と紙を取り出した。お勝は、記憶を手繰《たぐ》るように、丸い小さな目を上へ下へと動かした。

「年のころは十九か二十ってところ。首がひょろっと長くて痩《や》せ型だね。鼻筋はスッと通っていて、目は細め。右の耳たぶに黒子があったのを覚えているよ。羽織で紋はついてなかった。脇差《わきざし》だけ差した武家だった。普段は二本差しているんだろうね。体が右にちょいと傾いていたから」

国貞は、さらさらと筆を動かし、それらしい男の絵を描くと、お勝に向かって示して見せた。お勝は、わあ、と感嘆の声を上げた。

「そうそう。こんな風体だよ。すごいねあんた」

しきりに感心していたが、すぐに表情をふっと消した。

「でも、その人と心中したってわけじゃないだろうと思うんだ」

「どうしてです」

金四郎が問いかけると、お勝は、記憶を手繰るように首を傾げる。

「一年、いやもう少し前になるかな。その男から文が来たきり、一度も顔を見せてないから」

清という男が雛菊の元を訪れたのはお勝が憶《おぼ》えているだけでも六回はあった。かつてほどの盛り上がりが消えた吉原に、六回も訪れれば、十分、馴染みとも言える。しかし、その六回目の訪れからしばらくして、雛菊の元に文が届いた。

「他にご縁があるそうで、もう来ないって」

雛菊は、笑顔でそう言ったあとに、その場で泣き崩れた。それから一月《ひとつき》ほどは、見ていられないほど落ち込んでいて、お客をとっても、心ここにあらずといった様子だった。

「ひどい時は、髪を振り乱して夜な夜な出歩くこともあってね。私は慌てて追いかけたこともあったのさ」

遣《や》り手に懇々と諭されても、空返事を繰り返すばかりだったのだが、ある日を境に変わってしまったという。

「今度は、安女郎のように、誰彼かまわず客をとるようになったんだよ」

名指しで来る客ならまだしも、花魁が買えないような金のない客まで、自分に回させる。おかげで同じ置屋の女郎の客にまで手を出しかけて、今度は女郎に叱《しか》られる。

「覚悟を決めたというよりも、捨て鉢になったっていうのは、ああいうのを言うんだろう」

何でそんなまねをするようになったのか、荒稼ぎにもほどがある。そう思って、お勝は雛菊に問いかけた。すると、

「願いを叶《かな》えるために金がいりんす。止めてくだしゃんすな」

雛菊はそう言った。その様子は、晴れ晴れとしているようにも見えた。

だがその一方で、とる客、とる客、全てに惚れたそぶりを見せては、すぐに文を送る。それに気をよくして、二度、三度と来るようになった客が、三度目で床入りを済ませると、ぱたんと足が途絶える。それが何度も続いた。

「理由はね、三度通った客に心中を持ちかけるからだよ」

国貞は、また改めて懐にある文を、着物の上から手で押さえる。

「一度目は遠まわしな文を送るんだろうね。死ぬほど惚れてますってことだと客は思う。だから、気をよくしてまた来る。あなたに会えないと死んでしまうと泣けば、男はまた来る。そして、三度目に、一緒に死んでと言われると、さすがに怖くなるってことなんだろうね」

国貞は、苦笑して懐から手をはなした。お勝はその様子を見て、さびしげに笑った。

「あの子はね、死にたかったんだよ」

金四郎と国貞は、うつむくお勝の先の言葉を待った。お勝は、軽く目頭を拭った。

「私みたいな醜女《しこめ》はまだいい。こうして下女でもしていれば年は暮れていく。貧しい

陸奥の家で餓《う》え死ぬよりはまだましだ。でも美しい女たちは、何人もの男と寝ながら女同士で争って、地位をとりにいく。そして、十年の年季が明けたところで幸せになれるってもんじゃない。逃げ場所なんて浄土しかないってもんだ」

　死んでもなお救われないのも、女郎たちは知っている。女郎はその身を売ることから、畜生道に堕《お》ちたと言われている。無駄な情けをかけることなくあの世に送るためとして、これといった弔いもせず、衣も全て剝《は》ぎ取って簀《す》巻《ま》きで浄閑寺《じょうかんじ》に投げ込まれるのが通例であった。

「あの日、私はあの子の骸から剝がされた襦袢やら、腰巻やらを、一生懸命洗っていたんだよ。何で裸に剝くことがあるのかって泣きながらね」

　お勝は鼻をすすり上げた。

「あの黄柳色の小袖は、雛菊が気に入っていてね、白い肌によく映えた。それはもう燃やしてしまったけど……。どんな思いであれを着たのかと思うよ」

　そして、一つ大きく息をすると勢いをつけて、立ち上がった。

「悪いね。ささ、もう夜見世《よみせ》で忙しい時間になるから」

　お勝は、金四郎と国貞の二人の背中をトンと押した。二人は、押されるままに、縁台から立ち上がる。

「お勝さん、ありがとう」

金四郎の言葉に、お勝は、きまり悪そうに笑った。

「寝惚先生はいつも私のしょうもない話を、一生懸命聞いてくれる。先生によろしく」

お勝は笑顔で手を振り、再び井戸へと戻っていった。

金四郎と国貞は再び仲の町の通りに出た。格子の向こうの女郎たちを品定めしながら歩いている男たちがちらりほらりと現れ始めた。二人は、うつむきながら大門を潜《くぐ》り抜けてから振り返り、大門を仰ぎ見た。

四

大田南畝の屋敷は、小石川金剛寺坂《こいしかわこんごうじざか》の切り立った崖《がけ》の上に建つ。家の周りを囲う生け垣を、少し背伸びをして覗くと、丁寧に手入れをされた庭が広がっているのがうかがえた。

子供のはしゃぐ声が響いている。

「こっちこっち」

「はいはい」

幼子に呼ばれた南畝は、覗く金四郎に目を留めた。

「来たな」

南畝はにやりと笑った。金四郎が会釈をすると、表に回るように南畝が示した。門へ回ると中間《ちゅうげん》が、玄関先で出迎えてくれた。

「金四郎さん、こちらへどうぞ」

金四郎は、招かれるままに屋敷の裏手へと回る。すると、一人の少女がひょい、と顔を覗かせた。年のころは、まだ五つほどであろう。萌黄《もえぎ》色の着物で、肩先までの黒髪を揺らし、金四郎の傍に駆けてきた。

「かな」

そう、少女を呼ぶ声がして、少女は、振り返って声のほうへと駆けていく。その先には、南畝が立っていた。南畝は、かなの手をつなぎながら金四郎を招いた。

庭を望む縁側に腰掛けると、南畝はかなを抱き上げて膝の上に乗せる。かなは金四郎の顔を珍しいものでも見るように見詰めていた。

「お前も座れ」

南畝に示されるまま、金四郎も縁に腰を下ろした。

「お孫さんですか」

「かわいかろう」

「ええとても」

「ととさま」

たどたどしい言葉で、かなが声をかける。南畝は、どうした、と目を細める。そして、懐から飴《あめ》を取り出すと、かなの手に握らせた。かなはおいしそうにそれを頬張《ほおば》る。

「は、ととさまですか」

「そうだ。娘だよ。妾《めかけ》に産ませた。昨年末には息子も生まれたんだ」

「お盛んですね」

「何、たいしたことはない。歯も抜けてきたしな」

そう言いながら、南畝は、かかか、と声をあげて笑う。そして、そっとかなを膝から下ろすと、後ろの部屋を開けた。

「おうちで遊んでな」

かなは父に促されるまま家の中へと入っていった。南畝はその背を見送って障子を閉めて立ち上がり、庭を歩く。

高台にあるその家の眺望は実に素晴らしい。

本来であれば支配勘定という南畝の役職なら、宅地を賜《たまわ》るはずの身分であるが、日ごろから自由人としても名高かったのが災いして、御徒としての家からなかなか移ることができなかった。

遂にしびれを切らした南畝は新しく家を買い、移り住んでしまった。

南畝は、この家を「遷喬楼《せんきょうろう》」と名づけて住まっていた。その後、大久保《おおくぼ》に役宅を拝領したが、相変わらずこの住まいも気に入っているらしく、文化人たちを集めては、酒盛りをすることもしばしばだった。

高台からの風景をしばらく眺めていた南畝は、ふと改めて金四郎を見た。

「お勝さんに会ってきました」

「それで、どうした」

「そうか」

南畝はにやりと笑う。

「遊里の女というと、変な期待をしていただろう」

「いえ」

金四郎は何とか表情を消そうとしたが、図星を指されて耳朶《じだ》が赤くなるのを感じた。

南畝は、くくく、と、声を潜めて笑ったが、すぐさま笑いを引っ込める。

「あのお勝という女は見ての通りの醜女だが、賢くてよく気付く。客の細かいやりとりや、人となり、様子、それらの全てがすっと分かる。あの女以外に雛菊のことを聞いても、誰もろくに覚えちゃいまい。あそこは女の戦場だ。他人のことに関わってい る暇はないからな」

確かに、お勝は雛菊の様子も、雛菊を訪ねてきた客の様子も、細かいところまでよく覚えていた。それは、雛菊のことだけではないのだろう。

「それで」

「ああ、はい」

金四郎は、胸元から昨日、国貞が描いた「清さん」の似顔絵を取り出した。

「この男に見覚えはありませんか」

南畝は、それを受け取ると、まじまじと見詰めた。首の細長い、耳朶にほくろがある男の絵をしばらく見詰めていたが、やがて金四郎に返した。

「この男がどうしたんだ」

「雛菊の馴染みだそうです。小川町に住んでいるらしいのですが」

しばし眉をひそめた後で、南畝は後ろを振り返った。

「おい、定吉《さだきち》はいるか」

「はい」

屋敷の中から声がして、三十代半ば過ぎの男が庭にやってきた。南畝の息子で、定吉である。未だお上から父の跡を継ぐことを許されず、無役である。

「俺はとんと覚えがないんだが、こいつ、知らねえか」

定吉は、父の差し出す絵を受け取ると、それをしばらく黙って見ていた。が、やがて、ふと思いついたように言った。

「これ、山川《やまかわ》さんかな」

「ご存知ですか」

不意に乗り出した金四郎に、定吉は驚いたように身を引いた。

「ああ、定吉。久しぶりだから忘れたか。これは金四郎だよ」

定吉は、一瞬、眉根を寄せてから、はたと思い出したように顔を上げた。

「遠山さまの」

「そう。もっとも今は跡継ぎでもなければ、ただの森田座の笛方見習いというしがない身の上だがね」

定吉は、はあ、と生返事をしてから、父親と金四郎を見比べてため息をついた。

「父のようになってはなりませんよ、金四郎さん」

その口調があまりに真に迫っていたので、金四郎は思わずふっと噴き出した。南畝はきまり悪そうに顔を背ける。

「ところで、その山川というのは、誰なんです」

金四郎は、定吉の手にした似せ絵について食い下がる。定吉は、ああ、と思い出したように、改めて絵に視線を落とした。

「御徒の組頭ですよ。八番組の組屋敷に、確かよく似た人がいました」

そこまで聞くと、南畝は、徐《おもむろ》に立ち上がった。

「行くか」

「行くかって、どこに」

「その山川って人の屋敷によ」

何の迷いもなく、歩き始める南畝の後を、金四郎は追いかけた。

御徒は、将軍が旅に出る折に、徒歩で付き従う御目見え以下の武士である。その組頭は御徒よりもやや身分は上になるが、いずれにせよ、禄高《ろくだか》はさほど高くはない。御徒は組ごとに同じ町に住まい、月番で登城する。今月は八番組は月番ではないので恐らく屋敷にいるはずだった。

屋敷に出向いた南畝は、ためらう金四郎を置き去り、何の迷いもなくその家の戸まで歩いていった。

「ごめんください」

声を張り上げる。すると中から、はい、という若い女の声がした。女は赤子を抱いており、それをあやしながらやってきた。

「大田と申しますが、ご主人はご在宅かな」

女は、見知らぬ中年男と着流しの若い男という二人組に首を傾げながら、いいえ、と応《こた》えた。

「主人は、本日は、道場へ参っております」

「道場へ。それは感心だ。若く美しいご新造さんと、かわいい坊やも頼もしかろう」

女は、誉《ほ》められたことに照れたように俯《うつむ》いた。南畝は、好々爺《こうこうや》よろしくにっこりと笑うと、あっさり女に背を向けて歩き出す。金四郎は女に慌てて頭を下げると、すぐさま南畝の後を追った。

「どこへ行くんです」

「道場だな」

南畝は、当たり前だといった様子で歩いていく。金四郎はそれをただ追った。

道場の近くでは気合の声が響いていた。南畝は、するりとその中へ入っていく。金四郎もそれに続いた。中では十人からの若い武家がいたが、試合をしているのは一組だけ。あとは、談笑に花を咲かせているもの、素振りをするものと、さまざまだった。

「大田さま」

師範の座についていた男が、半ば立ち上がるようにして南畝を迎えた。南畝は、軽く片手を挙げて挨拶《あいさつ》をする。

「いやいや、久しぶりに挨拶に来たよ」

当然のように師範の隣に腰を下ろした。金四郎は、仕方なく、南畝の後ろに膝を折る。師範と南畝は顔見知りらしく、すっかり話しこんでいる。

二人を尻目に金四郎は道場の中を見渡した。似せ絵の顔の男は見当たらない。

その時、し合っていた二人の勝負がついた。一礼をして面をとると、勝ったほうの男が似せ絵の男によく似ていた。

「名は何と言う」

不意に南畝が声をあげた。似せ絵の男は南畝を振り返り、すっと膝を折った。

「山川清右衛門《せいえもん》と申します」

金四郎は、目を見張る。「清」さんと、雛菊は呼んでいたとお勝は言った。南畝は、にっこりと笑った。

「そうか。なかなか天晴《あっぱ》れな腕前だな。ところで山川殿、ここにいるこの男と、剣の試合をしてもらえないか」

南畝は唐突に傍らにいる金四郎の背を叩いた。金四郎はぎょっとして南畝を仰ぎ見る。山川はいくらか不服そうに顔をしかめ、金四郎を見やる。袴《はかま》もはかず、ましてや大小の刀も差しておらず、遊び人と名高い南畝に付き従っている男に、不審な目を向けるのも無理はない。金四郎は、困惑を浮かべて南畝を見る。南畝は、さらににやりと笑う。

「そうだ。賭《か》けをしようじゃないか」

南畝は師範にもちかける。師範は失笑気味に南畝に先を促す。

「こいつが勝ったなら、山川殿に、一つ何か頼みごとをするとしよう」

山川は半ば笑いながら、うなずいた。

「私にできることでしたら、喜んで」

南畝は、うん、とうなずいて、傍らにいる金四郎の背を叩いた。金四郎は、押し出されるように前へ出た。面と胴を借り、着物を端折《はしょ》り、竹刀《しない》を構えた。

「はじめ」

掛け声とともに、山川は正眼に構えた。金四郎もまたそれに応じるように前へ出て、二人は同時に前へ踏み出した。二人の竹刀は激しく交差する。間近な面越しに見える山川の表情は、静かですきがない。金四郎はほんの少しのすきに竹刀を引き、再び打ち込むが、山川はそれをしっかりと受けた。何合となく打ち合い、やがて二人は間合いを空けた。

先ほどの南畝の賭けは、雛菊の件を聞くためのものだと金四郎にも分かっていた。ここで負ければ、雛菊の一件など初対面の相手に話せるはずもない。

金四郎は静かに剣を構えた。

物心ついた時には、既に竹刀を握らされていた。仮にも旗本の息子と生まれたからには、相応に剣の腕がなければならないというのが、父の考えだった。父とし合ったこともある。一時は、父の手下で隠密だと名乗る男とし合ったこともある。おかげで、剣のみならず、素手での格闘まで色々と教え込まれていた。ただ、実戦で使うような場面に出くわしたことはない。

目の前にいる山川は、正しい構えを見せている。しかし、その姿勢はどこか硬い。それは型に囚《とら》われているからこその硬さだ。人とし合う時、型に囚われていては上手く立ち合えないと教えてくれたのは、確か父だった。

「相手の間合いに入り込む時に、相手と対立するのではない。相手の息を読み、息を吸いながらにじり寄る。すると、相手はその言葉の通り息を呑まれ、身動きがとれなくなるものだ」

淡々と語る父と剣を合わせると、そのことをすっかり忘れて勢いに任せて突っ込んでは、躱《かわ》された。

「やあ」

気合の声と共に山川が突っ込んでくる。金四郎はそれを躱しながら、息を読む。山川の呼吸に合わせ、吸うと同時に踏み込んだ。

パンという快音と共に、金四郎の竹刀が山川の胴をきれいに打った。

「一本」

師範の声が響いた。

山川は、呆気《あっけ》にとられたように、しばらくそこに立ち尽くす。金四郎は竹刀を下ろし、肩で息をした。

　金四郎は、山川に向き合い頭を垂れた。山川もまた礼儀正しく頭を下げる。互いに面を取ると、歩み寄った。

「お強い」

　山川は、素直な賛辞の言葉を述べた。金四郎は恐縮しつつも頭を下げた。そしてふと見ると、山川の右の耳には、黒子があるのが分かった。

「大田さま」

　山川は、そのまま南畝の前に座り、両手をついた。

「何なりと、お申し付けください」

　山川の言葉に、南畝は金四郎を見上げた。

「とりあえず、ちょいと付き合ってもらおうか」

　山川は南畝の言葉にうなずいた。

　南畝と金四郎は、山川とともに裏庭に回る。南畝は黙って金四郎に視線を送り、促した。金四郎は、山川を見る。人相は、あのお勝という女が言ったものとほぼ同じ。しかし、女郎から心中を持ちかけられて、挙句に女を殺して逃げ帰るには、あまりにも生真面目で地味な様子に見えた。

「何か」

山川は、金四郎の窺うような視線の先で戸惑っていた。金四郎は、いえ、と言ったきり言いよどむ。助けを求めるように南畝を見たが、南畝はそ知らぬ顔をしたまま動かない。

「稲本屋の雛菊という女を知っていますか」

何のひねりもなく、そのままの言葉を投げつけた金四郎を、南畝は呆《あき》れたように見上げた。だが、山川はその真っ直ぐすぎる問いかけに、不意をつかれたように目を見開き、絶句した。

「知ってるんですね」

金四郎が畳み掛けると、山川は小さくうなずいた。

「馴染みだったんですよね」

金四郎の問いに、山川は首を横に振った。

「いえ」

山川は小さな声でそう答える。金四郎は苛立つ。

「今更、知らぬふりもないでしょう」

「いえ。馴染みというと少し違います。私とあの女は、許婚《いいなずけ》になるはずでしたから」

金四郎は驚き、南畝を振り返る。南畝もやや驚いたように目を見張ったが、すぐに静かな表情に戻る。

「じゃあ、あの雛菊は、もともとお前さんと同じ、武家の娘かい」

「そうです」

山川は深くうなずいた。

山川が言うには、雛菊は、元の名を、菊といったという。山川と同じ、御徒の娘で、幼いころから父同士が親しかったことから、共に育った。手習所も共に通い、その仲のよさから、親同士はいつしか、二人を夫婦にしようと考えた。山川には兄がいたので、一人娘の菊の家に婿入りするはずだった。

しかし、菊の父が、突然、病に倒れて亡くなった。正式には跡継ぎを決めてもおらず、慌てた菊の母が、慣れないながらもあちこちに金策に歩いたが、瞬《また》く間に家は困窮していった。結果、菊の母もまた、病に倒れることになる。

山川の父は、何とか助けようと奔走したものの、菊の家は、もう御徒の組屋敷に住まうこともままならなくなり、遂には、母も亡くなった。菊は、母方の遠縁だという品川の家へ預けられることになったが、その後、行方がぷつりと途絶えていた。

「当時、私もお菊も、十六になったばかり。母方の縁者の迎えと聞いて、私の家のものも安堵《あんど》していたのですが、それが遠縁も遠縁で、しかも、女衒とつながっていたことを後々に知りました」

山川は、沈痛な面持ちで、そう語る。

跡継ぎのない家が潰《つぶ》されるのは、ままある話だ。そして、貧しい家の娘が、女衒に売られていくのもよくある話だった。だが、目の前でつい、先日まで共に暮らしてきた娘が、そこまで転がり落ちていくさまを見るのは、さぞかし心寒いものだったろうと、金四郎は、山川を見た。山川は、淡々とした口調を崩さない。しかし、その表情は凍りついたように硬かった。

「つい一昨年、知人から吉原にお菊によく似た女郎がいると知らされました。品川の遠縁というものが、どうやらあまり良い筋ではないらしいことは聞いていたので、まさかとは思いながらも、訪れ、お菊を見つけてしまいました」

ともかくも話がしたいからと金子《きんす》を払い、菊に会った。許婚として、いずれ共に生きていくはずだった娘を、こういう形で買うのは不本意ではあった。だがここで自分が買わねば、その時間だけ、別の男が菊を買うことになると思うと、ぞっとした。

結局、たびたび吉原通いをすることになり、金子はすぐさま無くなった。見かねた父母は、あちこちに掛け合って、同じ御徒の一人娘を見つけ、婿入りする話を進めていた。山川は、何とか落籍するための金を作ろうとしたが、冷や飯食いの次男坊にできるはずもない。

「女郎は、女郎だと、父は言いました」

山川は苦笑した。

たとえ、元が幼馴染の許婚でも、一度でも女郎に落ちたらおしまいだと、父は言った。武士としてお役につくこと、家族に恥をかかせないことは、義務であるとも言った。

「お前がお菊にこだわるというのであれば、いずれお前自身が零落《おちぶ》れて、路頭に迷うことになるとも言われました」

そこまで言い募られると、山川は頭が冷えた。悲しくもあり、哀れとも思う。しかし、それでも縁を切らなくてはならないと、山川は決意した。

「それがあの、かわいらしいご新造さんかい。子供も生まれて万々歳か」

南畝は、山川を見て、ぞんざいに言い放った。山川は、はい、と小さくうなずいた。

「それ以後、会っていないんですか」

山川は、自嘲するように笑う。

「合わせる顔がないですからね」

そう言ってから、ふう、と息をついてから金四郎を見た。

「あなたは、お菊と親しいんですか。それで、昔の男の顔を見に来たと言うんですか」

山川の問いに、金四郎は眉根を寄せた。

「いや、お菊さんはその、死んだんで」

山川は、咄嗟《とっさ》に金四郎の言った言葉が分からなかったのか、怪訝な表情をした。そして、ゆっくりと理解したらしく、目を見開いた。

「死んだ」

「ええ。殺されたんですよ」

山川の顔から血の気が引いていき、そのままその場で膝を折った。金四郎は、その様子に、改めて過日、田んぼで一人仰向けに倒れていた雛菊のことを思い出した。声もなくうずくまるこの男は、少なからず雛菊の死を悼《いた》み、心を痛めている。それが分かるだけでも、幾ばくかの救いがある気がした。同時にこの男はどうやら、雛菊の死とは無関係だと思った。

南畝も同じことを考えたのだろう。山川の傍らに行き、その肩を叩いた。

「あんたが殺したんじゃねえかって、疑って来たんだけどな。どうやら見当違いらしい。悪かったな」

南畝は、とんとんと慰めるようにその背を撫《な》で、そして立ち上がる。そのまま踵を返す南畝に、金四郎はついていこうとした。

「あの」

山川は声を上げた。二人が振り返ると、相変わらず青ざめたままの山川が、ゆらめくように立ち上がる。

「お菊は、どうして」

「考えるなよ」

南畝は、山川の声をさえぎるようにそう言った。

「あんたの判断は正しい。女郎は女郎だ。今在る家とご新造さんを大事にするのが、あんたのつとめだ。縁の切れたもんのことを気にして見失うなよ。騒がせて悪かったな」

南畝はそう言うと、呆然と立ち尽くす山川を置いて足早に歩いていく。金四郎は山川に会釈をしてその後を追っていく。

道場の敷地を出ると二人はしばらく無言だった。いくらか進んだところで、金四郎ははたと足を止めた。

「どうした」

南畝もまた、足を止めて金四郎を振り返る。

「何だか、残念です」

「何が」

「山川殿の判断は、正しいんですか」

その問いに、南畝は真っ直ぐに金四郎を見据えた。

「正しいさ」

南畝は、はっきりとした口調で言い放つ。金四郎は反駁しようとして口を開いたが言葉が見つからず、そのまま閉じた。南畝は再び黙って歩き始める。金四郎もまたそれについていく。隣に立つと、南畝はふと辺りを見回すように視線を巡らせた。

「見てみろよ」

金四郎は南畝の言葉に促され、辺りを見回す。そこには見慣れた御徒の町が並ぶ。一律に並ぶ家々が軒を連ねていた。

「この整った有様こそが、武士の世というやつだ。一つでも外れれば、そこに居場所なんかありゃしない。枠から外れないように、慎重に歩まなければ、あっという間に家なんぞ潰されちまう。それが、世の中という奴だ。女郎を妻に迎えるというのはな、言うほど簡単なことじゃねえよ」

金四郎は、何か言い返そうと南畝を見る。南畝はその視線の先で、ふっと笑った。

「若様には分からないか」

南畝はそのまま歩を速める。金四郎はその南畝の背を見ながら、整然と並ぶ町を、ただ歩いて行った。

五

時刻は午《うま》の刻（正午）を少し回ったところだった。すっかり高く上がった日の光が、酔った目には痛いほどに感じられた。

「痛《い》ってえ」

そう呟《つぶや》いて、金四郎はふらりふらりと日本橋の路地を行く。

「おや、二日酔いかい」

長屋の手前にある八百屋の女将《おかみ》が、金四郎を見るなりそう言った。

「まあ、そうですね」

髪も乱れ、着物も撚《よ》れている。

「みっともないね、江戸っ子だろう」

女将は大きな手のひらで、バンと金四郎の背中を叩き、金四郎はその勢いでふらついた。

昨夜、芝居が跳ねたので、舞台裏で役者絵を描いていた国貞を探していた。先日の山川のことを話そうと思っていたのだ。

「国貞さん」

と、国貞を見つけた時、国貞の隣にいたのは、並木五瓶だった。

「おう、ちょうどいい。森田座の冷や飯食い二人が摑まりゃ上等だ」

言うなり、金四郎と国貞は五瓶に摑まった。連れて行かれたのは、最近、五瓶が入り浸っている深川の常磐津《ときわず》の女師匠の家である。そして飲み始めると早々に、

「客足が落ちたって言ったって、それは本のせいじゃねえよ」

酔ってくだを巻きはじめた。何でも、座主の森田勘弥《もりたかんや》から、客足が落ちたので木戸銭を下げたらどうかと言われたらしい。愚痴を言いながらの酒は悪酔いするらしく、五瓶は早々に眠ってしまった。

「それじゃあ、俺たちはそろそろ……」

国貞を連れて帰ろうとすると、女師匠に二人とも腕を摑まれた。

「帰っちまうのかい。どうせ木戸は閉まっちまったよ」

言われてみると、確かに先ほど亥《い》の刻（午後十時）を告げる鐘が鳴っていたように思う。江戸の町は亥の刻を過ぎると木戸が閉まり、町の行き来ができない。一つ二つの木戸ならば、融通もきくこともあるが、流石に深川から日本橋まで、木戸番に小銭を渡したら、わずかな稼ぎは瞬《また》く間に空になる。

「さ、飲みなさいよ」

女師匠は色っぽく二人にしなだれかかりながら酌をする。国貞はまんざらでもない様子で飲んでいたのだが、この女師匠は相当の酒豪だった。三人で飲み比べをしようなどと唆《そそのか》して、金四郎と国貞を酔いつぶしてしまった。

明け六つ（午前六時）に、五瓶と共に何とか重い体を引きずって木挽町の森田座へ這《は》って行ったが、酒の匂いをさせて近寄る金四郎に、利助はあからさまに眉を寄せた。

「とっとと帰れ」

と、追い出され、何とか帰り着いたところである。

長屋の入り口までたどり着くと、眩暈《めまい》で目の前がくらくらと揺れた。深く大きく息を吐く。

金四郎の住まう小さな長屋は、四百文。九尺二間で五百文が相場というので、割合、安い店賃《たなちん》だ。しかし、それさえままならぬのが、今の金四郎の暮らしであった。

金四郎は路地を入り、たてつけの悪い長屋の戸をガタガタと開けた。

「お帰りなさいませ」

不意に、目の前に鮮やかな紅色が広がった。紅《あか》い着物の女が、戸口で手をついている。一瞬、目の錯覚かと思った。

「すみません」

金四郎は、とりあえず、ぼんやりと謝って戸を閉めた。居並ぶ長屋の外の障子には、それぞれの家の見分けがつくようにと、何がしかの印がしてある。金四郎の戸にも、先日、国貞に笛を吹く男の絵を描いてもらったばかりだった。見間違えようもなく、確かにそこは、金四郎の家だった。

金四郎は、再び静かに戸を開く。

すると、やはりそこには振袖《ふりそで》が見える。だが、その姿は女というよりも、少女であった。年のころは十二、三といったところ。結い上げた髪もまだ少なく、帯も高いところで締めている。少女は挨拶したなり黙って金四郎を見上げている。金四郎は、しばらくその少女を見詰めていたが、やがて、はたと気付いた。

「お恵《けい》殿」

金四郎の言葉に、少女はにっこりと微笑《ほほえ》んだ。

「はい」

金四郎は相手が分かり、力が抜けるのを感じた。ようやくと戸口から中へ入り、戸を閉める。上がり框《がまち》に腰掛けると、すぐ隣に恵が腰掛けている。金四郎は、頭を掻いてから、恵を見た。

「どうして、ここに」

「大田さまにお会いしまして、金四郎さまの居場所をお尋ねしたところ、こちらだとうかがって」

恵の言葉に、金四郎は再び深いため息をついた。

金四郎の父、遠山景晋は、金四郎が生まれてほどなくして陸奥へと旅立つことになった。そして帰ってくるなり、早々に金四郎の嫁探しをしていた。結果、旗本百人組頭の堀田《ほった》家と縁組の話がつき、堀田の娘である恵の許婚となったのだ。恵には一知《かずとも》という兄がおり、いずれはその一知が跡を継ぐことに決まっていた。

いずれにせよ、恵はまだ妻となるには若すぎるため、金四郎はこうしてふらふらとしていることができるのである。

だが、この小さな許婚は、金四郎にひどく懐《なつ》いていた。

「それで、先生はどちらへ」

「大家さまと話があるから、ここで恵は待つようにと仰《おお》せになり、小半時（約三十分）ほど経《た》っております」

金四郎は慌てて部屋を出て大家の家へ向かう。大家は長屋の表で履物屋を営んでいた。金四郎が行くと、間口で大家が南畝と向かい合って碁を打っていた。

「先生」

金四郎が駆け込むと、南畝は、おう、と空返事をした。

「何をしているんですか」

「おう、今、勝負をしているんだよ」

「お恵殿をどうするおつもりですか」

南畝は、碁を打つ手を止めて、金四郎を仰ぎ見る。

「お前の許婚だからな。好きにしろ」

大家の彦兵衛《ひこべえ》は碁盤から目を離し、金四郎を見上げた。

「何でい、金さん。許婚なんかいるのかい」

彦兵衛の好奇心の視線の先で、金四郎は南畝の腕を引っ張った。南畝は碁石を投げ出して、彦兵衛に会釈をしながら店《たな》を出る。

「何をのんきにしてるんですか」

「しょうがねえだろう。姫さんは俺の家の前で待ってたんだ。それで、金四郎さまの居所を教えてくださいと、頭を下げられた」

「堀田の家で心配するでしょう」

「大丈夫だよ。まだ昼日中《ひるひなか》だろ。俺の家に来ていることになっているから。姫さんも狂歌のお話を聞きたいなんて、かわいいことを言ってくれて」

金四郎は、はあ、と深いため息をついた。

二人が遣《や》り合っているうちに、長屋の木戸が開いた。鮮やかな着物姿の恵が、部屋から出てくる。ドブ板を張り巡らせた長屋の路地を、珍しそうに踏みしめて歩く。隣に住まう大工の女房や、井戸で野菜を洗っていた魚屋の女房が、驚きと好奇心を込めた目で恵を見ている。

金四郎は慌てて恵の手を摑み、再び部屋へ押し込んだ。南畝は、面白そうについてくる。

三人は小さな長屋の小部屋で向き合った。

「お恵殿。今日のところは、お帰りなさい」

金四郎の言葉に、恵は、不服そうに顔を背けた。

「いやでございます」

「お父上もお母上もご心配なさろう」

「ご心配には及びません。名高い狂歌師でもあり、学問吟味で身を立てられた大田先生の元へ伺うのに、何の心配がございましょう」

南畝は、いいこと言うねえ、と満足げに微笑む。金四郎は、頼りにならない先生と小さな姫君に挟まれて、言葉もなく俯《うつむ》いていた。

「そもそも、金四郎さまが遠山の家を出られたことを、私は、大田さまからお聞きしたんですよ。本来であれば、金四郎さまが堀田の父の元にいらしてくださればいいのに」

いちいち話が尤《もっと》もなだけに、金四郎には反論の余地もない。この先、この小さな姫が成長して夫婦になる日が来たとしても、こんな調子なのだろうかと思った。

「まあまあ、姫さん」

南畝は、さすがに見かねたのか、金四郎と恵の間に座った。

「金四郎は金四郎で思うところがあるらしい。何も、堀田の家と縁切りしようってわけじゃないってことは、俺も遠山のお殿様もご存知のこと。ここは一つ、内助の功というやつで、金四郎の好きにさせてやってはくれまいかね」

恵は南畝に不服げな視線を向けた。そしてまだ納得がいかないのか、うなずく様子はない。

「じゃあこうしよう。今日これから、金四郎から姫さんに贈り物をさせよう」

「先生」

金四郎は、ぎょっとして振り返る。南畝は、金四郎の様子などお構いなしで、恵の様子を見守る。すると恵はやがて、ふう、と聞こえよがしなため息をついた。

「分かりました。そこまでおっしゃるのなら」

恵は納得して、立ち上がった。そのたび、髪に飾られた簪《かんざし》が、しゃらしゃらと音を立てて揺れた。これほど意匠を凝らした品を、日ごろ身につけている恵に、何を贈ればいいというのか。財布の加減を案じながら、金四郎は渋々と立ち上がった。

長屋の戸を開けると、金四郎の家の前には数人が聞き耳を立てていたのか、ばらばらと散らばっていくのが分かった。恵は長屋の住人たちの様子を気にすることもなく、家を出て通りへと向かう。金四郎は恵の後をついていく。これから長屋で暮らすのに、住人たちの妙な好奇心が寄せられるのは、避けられそうにない。

木挽町の表通りには、小さな店がいくつも並んでいる。恵は通りの左右をものめずらしそうに眺めている。金四郎と南畝は、恵の少し後ろを歩く。

「金がないですよ」

金四郎のぼやきに、南畝は笑う。

「何。出世払いで俺に寄越せばいいさ」

南畝は、くくく、と声を潜めて笑う。

「しかし、お前もすっかり町人だなあ。旗本の男は女には前を歩かせないものだ」

金四郎は、はあ、と、ため息をつく。

確かに記憶にある限り、母が父の前を歩いたことなど一度もない。母が屋敷の表に出ることもほとんどない。それが当たり前だと、父も母も思っているようだった。

だがその当たり前は、町に来てからは悉《ことごと》く覆されている。昨晩の女師匠にしてみたところで、金四郎や国貞はもちろん、情人である五瓶に対してだって、容赦《ようしゃ》のない物言いで叱り飛ばしていた。

「お恵殿も旗本のご息女ですがね」

「なかなか似合いじゃないか」

「俺にしてみればまだ子供です」

恵と初めて会ったのは、恵がまだ赤子の時だった。父に連れられて堀田の家に行くと、赤子がいた。

「この子はいずれ、お前の嫁になる」

父が言い、堀田の父もまた微笑んだ。布団の上で両手を動かしている恵の手をそっととると、それをギュッと握り返してきたのをおぼろげに覚えている。

当時はまだ、嫁がどういう意味かも知らず、恵の兄と遊ぶ方が楽しくて、しばしば堀田の家に出入りしていた。つい先日まで赤子だと思っていた子が三つになると、今度は口が達者な娘になっていた。

「お兄様も金四郎さまも、こちらへおいでなさい」

などと言うと、ことあるごとにままごとに付き合わされた。そして、

「恵は、金四郎さまのお嫁さんになるのです」

と、言葉を覚え始めた頃から言っていた。その頃の面影はそのままで、少し背丈が伸びたくらいにしか、金四郎には見えない。

よほど楽しいのか、大きな帯を揺らして歩く恵の背中を見詰めながら、金四郎はため息をつく。だがこうして、自分を気にかけてくれる存在があることは、嬉《うれ》しいこと

に変わりはなかった。

やがて、恵の足がぴたりと止まった。

「あれは、何です」

恵が指差した先には田楽屋があった。芋や豆腐を焼いている香ばしい香りがしていた。

「入ってみるか」

金四郎が問いかけると、恵はぱっと表情を明るくして、はい、と返事をした。

三人は田楽屋に入り、置かれた床几《しょうぎ》に腰掛ける。金四郎が適当に注文し、豆腐や芋、麩《ふ》の田楽が運ばれてきた。恵は、初めて見る食べ物に、興味津々で見入っている。ようやく口に運ぶと、途端に笑みがこぼれた。

「美味《おい》しゅうございますね」

金四郎は、それを見てほっとした。

堀田の家にはほとんど顔を出していない。もし自分が浪人になるなどと言えば、許婚の恵は、この先、別の誰かに縁付くことは難しくなるのだろう。腹をくらなければならないと知りながら、ふらふらと町の暮らしを続けて逃げていることを金四郎も分かっていた。

「さて、次はどこに行く」

ひとしきり田楽を平らげると、南畝が恵に問いかけた。恵は、小首を傾げた。

「ただ、町を歩いてみるのも楽しゅうございます」

三人は再び店を出て、町を歩き始めた。

このまま日本橋の橋近くに立ち並ぶ大店《おおだな》で反物でも欲しいと言われたら、それこそ、南畝に大きな借りを作ることになる。金四郎は徐々に歩調を緩めだした。

そのときふと、再び恵が足を止めた。視線の先には絵草紙屋があった。軒先には役者絵や美人画が並んでいる。恵はそこへ歩み寄ると、並んでいる絵をしみじみと見やる。店主は、歩いてくる恵を愛想よく迎えた。

「おいでなさいませ」

そして、その後ろから来る金四郎と南畝を見つける。

「おう金さん。お姫様のお供ですか」

「そんなところですね」

この絵草紙屋は和泉屋《いずみや》といい、国貞の絵もよく置いている。そのため、金四郎はしばしば国貞と二人でそろって冷やかしに訪れる。すると、店の主、市兵衛《いちべえ》はここぞとばかりに、国貞の絵を持ち出して、恵の前に並べた。

「お姫様、これらの絵師は、金さんとも馴染みでして」

恵は、金四郎を仰ぎ見る。金四郎がそうですね、と市兵衛の言葉に相槌《あいづち》を打つと恵は、市兵衛の示した絵をまじまじと見詰め、その中から、国貞が描いた姫姿の中山亀三郎の絵を一枚を選んだ。

「これを下さいませ」

恵は、金四郎にそう告げる。金四郎は、こんなことなら国貞のところに連れて行けばただで済んだのにと、悔やんだ。金四郎はその絵を買い求め、恵に手渡した。恵は、それをそっと両手で受け取ると、さも大切なもののように抱え込んだ。

「で、次はどこへ」

金四郎がそう言うと、恵は首を横に振った。

「もう十分です」

金四郎は、拍子抜けして恵を見た。恵は、にっこりと笑うと南畝を振り返った。

「先生にもご迷惑がかかりましょうし、金四郎さまがお元気なのもよく分かりましたから」

南畝は、その言葉にうなずいた。時刻は八つ（午後二時）を過ぎていた。

南畝は辻駕籠《つじかご》に声をかけた。二つの駕籠がやってくると、恵はあらためて金四郎に向き直った。

「金四郎さま」

「はい」

金四郎は、思わず姿勢を正した。

「恵はお待ちしていますから。金四郎さまのお気が済みましたら、きっとお帰りくださいませ」

恵の言葉に金四郎は一瞬、言葉を失った。そのさまを見て恵は、ふと不安な表情を覗かせたので、金四郎は慌てた。

「いや、無論。そうする」

その言葉にほっとしたように踵を返し、南畝に促されて恵は駕籠に乗った。

遠ざかっていく二人を見送ってから、金四郎はふらりふらりと町を歩く。

途中、あじの寿司《すし》売りがいたのでそれを買い、小さな長屋に戻った。

長屋に入るときに、隣の大工の女房が、何か問いたげな顔を向けてきたが、知らぬふりをして部屋に入る。

寿司をつまみながら、湯を飲んだ。

隣の部屋からは夫婦が言い合う声がした。あの夫婦でも、ともに惚れ合って一緒になったのだろうと思うと、おかしくなった。

恵は物心ついたときから、自分と一緒になると決められている。そして、それを全て受け入れるのが武家の娘だと育てられている。

おそらく、過日、死んでいた雛菊にしてもそうだったのだろう。あの山川と一緒になると言われて育ち、山川とともに人生を歩む覚悟を決めることが正しいと、信じてきた。それが突然女郎になれと言われればその苦痛はいかほどか。

自分であればどうだろうと考えた。

山川は、雛菊を捨てた。自分はもし、堀田の家が落ちぶれて、恵が女郎になったらどうするだろう。外聞も憚《はばか》らず、迎えに行こうと思うだろうか。

南畝が不意に、恵を連れてきたのは、或《ある》いはそんなことを考えさせるためだったのかもしれない。

「食えない人だ」

金四郎は頬張った寿司を飲み込むと、ひとりごちた。

「女郎を妻に迎えるというのはな、言うほど簡単じゃねえよ」

南畝が言った言葉を思い出す。

その通りだ。身分の差、世の習い。それらは超えることはできないし、破ることのできない壁のようなものだと思われている。その壁を破れば、それは壁の内側で守られている何かを、突き崩してしまう……そんな思いに駆られる人は多い。だからこそ、それを超える人は異端と言われ、居場所を追われることさえあるのだ。

「さあ、どうする」

と、半笑いしながら南畝が問いを突き付けてきたのだ。ぐるぐると頭の中で巡らせながら、金四郎はゴロンと床に横になった。薄汚れた天井の薄い板を見ているうちに、恵の顔を思い出す。

「きっとお帰りくださいませ」

そう言って笑って見せた。

つい先日まで小さな子供で、遊びに行って帰ろうとすると、帰るなと、庭で駄々をこねて泣いている顔ばかり見ていた気がする。それがいつからあんな風に、大人びた表情をするようになったのだろう。

「ちくしょう……」

金四郎は再び寝返り、床にうつ伏せた。

売られた恵をどうするか……などというのは、想像することも厭《いと》わしい。

昨晩の酔いがいまさら頭を巡り始めて、金四郎はそのまま眠りに落ちていった。

六

昼の吉原は、静かなものである。

一通りの仕事を終えて、小さな部屋で縫い物をしていたお勝は、ふう、とため息をついた。その時、外で足音がした。

「お勝、いるかい」

不快気な声と共に戸板が開いた。そこには妓楼の遣り手《やりて》、お由《よし》が立っていた。

「頭が痛くてかなわないから、薬湯を煎《せん》じておくれよ」

眉をきゅっと寄せて、お由は言う。お勝は、へえ、と言って土間に立ち、薬を煎じている。その後ろでぐったりと床に座り込んで柱に頭を預けたお由は、しばらくじっと目を閉じていた。ことことと薬缶《やかん》が音を立て、湯呑に薬を入れると、お勝はお由の傍らにそれを置いた。

「どうぞ」

お勝の声にお由は顔を上げる。

「ああ」

「雨が降りますかね」

お由は雨降りの前になると頭が痛いとよく言っていたのを思い出し、お勝が問う。

お由はため息をつきながら、首を横に振る。

「このところ、眠れないのさ……雛菊のこと、思い出してね」

お由は絞り出すような声で言った。お勝は、ただ、そうですか、とだけ答えた。

このお由は、この年四十になる。元は吉原芸者で、女郎だったことはないらしい。客の無体をあしらい、女郎たちの悩みを聞く。時には女郎を叱りもする。

「雛菊が来た日のこと、お前は覚えているかい」

「おぼろげですけどね」

お勝はその日、いつものように女郎たちの下働きに追われていた。その時、楼主や女将、遣り手のお由らが、ばたばたと忙《せわ》しなく戸口へ出向いたのを覚えている。よく来る女衒が勿体《もったい》つけた様子で玄関先に現れた。

「まあ、いい買い物をなさいましたな」

女衒は機嫌よくそう言うと、外へ向かって手招きをした。中へ入って来たのは、透けるように色の白い娘だった。

俯きがちの面差しを見れば、切れ長の目。すっと鼻筋が通り、涙黒子がついていた。楼主も女将もお由も嘆息したのを聞きながら、お勝もまた同じようにため息をついた。

「年は十七で、やや年かさですがね。何せ、武士の娘だ。何でも躾《しっ》けられていますから、手間はないですよ」

女衒の調子のいい言葉とは裏腹に、胸元にぎゅっと荷を抱いたまま、雛菊は空を睨んでいるように見えた。

「武家育ちの若い娘……美しいけれど、色事に慣れさせるには、骨が折れると思ったものだよ」

お由は思い出しながら、ため息をつく。

お勝もそれは覚えている。

幼い頃から廓で育てば、女が身を売ることは当たり前になる。そして、客がついた女ほど、この町では高みに上ると知っている。大人になってから身を売る女もいるけれど、それでもどこか肚《はら》を据えているものだ。時に、雛菊はそういう女でもない。全身でこの町に入ることを嫌悪し、身を固くしているのが窺えた。

「うっかり死なれるといけないから」

女将がそう言って、男衆やお勝たちに、しばらく気を付けるように言っていた。

「今となっては、懐かしい……って言っていいのかねえ」

お由はため息をつくように微かな口調でそう言って、ほつれた項《うなじ》の髪を直しながら、思い出したように言った。

「涼音《すずね》がね、さっきまで大泣きしていてね」

「涼音さんがですか」

お勝は意外さを込めてお由を見返す。お由もまた苦笑しながらうなずいた。

涼音という女郎は、雛菊と年は変わらないが、三雲やお勝と同じように幼い頃に売られてきた。三雲ほどではないが、可愛らしい顔立ちをしていたので、そこそこ売れっ子として名を馳《は》せていた。その涼音は、後から入って来て、武家の出だということで誉めそやされる雛菊が気に入らなかったのだろう。ことあるごとに八つ当たりをしていた。

お勝が最初に雛菊と口を利いたのは、この涼音から煙管の灰を当てられたと、腿に火傷《やけど》を負ったのを手当した時だった。雛菊は無口で傷を負わせた涼音への、恨み辛みも口にしない。男を巡るさや当てで、嫌がらせは里の中では日常茶飯事だったが、女たちはその倍は口げんかをしている。しかし、雛菊は一言も言わず、ただ手当をしたお勝に、ありがとう、と言っていた。

「涼音が言うにはね、雛菊が夢枕に立つんだそうだ。あの子も悔いているんだろうよ」

お由は、湯呑から立ち上る湯気を顎に当てながら、力なくそう言った。

「そんなに悔やむなら、苛《いじ》めなければ良かったのに」

お勝が言うと、お由は力なく首を横に振る。

「あの子だって苛めたくて苛めていたわけじゃないのさ。ここの女たちはね、みんな腹の中に大きな傷を抱えている。しかも、身を売りながらその傷を更に抉《えぐ》る。そうしないと生きていけないからね。そのうち、自分の傷がどこにあるのか分からなくなって、身近な者が敵に見えてくる」

お由はふっと笑うと、ため息をついた。

「本当の仇は男だろう。それはみんな知っている。でも自分を買う客を殺して生きていくことはできないことは知っている。だから、女を恨むのさ」

　そしてお由はため息をつく。

「涼音が言うにはね、雛菊は自分を馬鹿にした目をしていたそうだ」

「……それは心当たります」

　お勝もおずおずと口にする。

　いつぞや、昼日中に路上で涼音に平手打ちをされて道の上に転がった雛菊は、そのまま視線を上げることさえせずに、その場に倒れていた。

「どうせあんたは、あたしらのことを、下賤《げせん》の売女《ばいた》だと思っているんだろう」

　怒鳴るその声に一言も言い返さずに項垂《うなだ》れていた。事の発端は何かは知らない。喧嘩や言い合いというのではなく、一方的に涼音が熱くなっていた。お勝が慌てて雛菊の傍らに駆け寄り顔を見た時、口元が微かに笑うのを見つけた。その夜、酔い覚ましの水が欲しいと雛菊がお勝の元へ来た。手当をしながら、お勝は雛菊に問いかけた。

「あんた、今日、笑っていたね」

　雛菊はふと、脅えたようにお勝を見た。

「別に誰に言う気もないよ。ただ、どうしてなのか、聞いてみたかったのさ」

　お勝の視線の先で、雛菊はついと視線を逸らした。淡い行灯《あんどん》の光の中で見る雛菊の横顔は、艶《つや》めいて美しく見えた。涙黒子がまるで泣いているかのように思わせた。だが、それとは裏腹に雛菊はくっと喉を鳴らすように笑い声を漏らした。

「おかしかったから」

雛菊は、言葉少なく答えた。

「何が」

お勝が問うと、雛菊は静かにお勝を見た。

「どうせ、ここはとっくに地獄なのに。針山に登るのを競い合ってどうするの。血の池を泳ぐのを競ってどうするの。そう思ったら、何やら滑稽で」

雛菊は喉の奥を鳴らすような、奇妙な笑い声を漏らしていた。

「私もそれは分からないではないんです」

お勝が言うと、お由は怠《だる》そうに顔を上げてお勝を見る。

「私も、こんな醜女だから」

お勝は自分の顔を手のひらで覆った。

お勝もまた、醜女だということで、散々な悪口雑言に晒《さら》され、時には、稼ぎがないからといびられもした。それでもここで生きていくためには、どこか自分の中で折り合いをつけなければならないと思った。

「所詮、女郎が」

いつぞや、客の一人が自分を苛める姉女郎をそう罵《ののし》ったことがあった。その瞬間、歪《いびつ》に心が晴れたと思った。

お職だ、太夫だ、花魁だと、呼び名こそ違えども、身を売る女に違いはない。客の数を競えば、病に倒れることもあり、男に惚れれば折檻されて殺されることもある。男を取り合い、隣に座る女と争う。そう思うと自分をいびる女郎たちがみな、浅ましく、憐れに思えてきた。すると女たちからの悪口も、静かに受けることができた。穏やかなどというのは嘘だ。片隅にあっても、嵐のように荒《すさ》ぶ思いはお勝の中にも燻《くすぶ》っていた。

「雛菊は、それであんたに懐いていたのかね」

お勝は驚いてお由を見る。

「懐かれていたってほどじゃありません」

「懐いていたよ。遣り手の私にはまるで心を開かなかったけど、あんたには会いに来ていたろう」

確かに、ことあるごとにお勝のところに来て、客から貰った飴《あめ》を置いて行ったりした。とかく無口で、ただお勝の水仕事をぼんやり見ていることも多かったが、それは単に居場所がなかったからではないかと思っていた。

「この前、南畝先生のところの若い者があんたを訪ねて来たろう。雛菊を殺した下手人を探しているのかね」

「……ええ。そうみたいです」

「例の、間夫《まぶ》のことを話したのかい」

お勝は苦笑交じりに頷いた。お由は再び、眉間《みけん》に深い皺《しわ》を刻んだ。

「せめて、あの男なら救われるのにね」

「間夫狂いはご法度だ、客商売だからしっかりしろと、お由さん、叱っていたじゃありませんか」

「……でも、雛菊はちっとも応えていなかったから。大抵の女郎はあれだけ叱れば分かるのさ。所詮、心は揺らぐもの。客と女郎は結ばれないって諦められる。でも、雛菊はまるで違ったから」

言われてみればそうだった。

何度叱られてみたところで、まるで応えた様子はなく、やって来る清さんを笑顔で見送る雛菊のことを思い出す。

「私はここから出て行くから」

雛菊のその言葉は、お勝がこれまでに、何人もの女郎たちから聞いた言葉だった。決して叶うことのない幻のようなものだ。お勝はそれを、聞き流すことに慣れていた。

そして、雛菊もそう言いながら、半ばはその思いに疑いを持っていたのだろう。

「叶うといいね」

お勝は精一杯、そう言った。雛菊は、静かに頷いていた。

「でも、あの男は雛菊に別れの文を出していたんですよ」

お勝が言うと、お由は渋い顔をして頷いた。

「……まあ、そうだけど」

清さんを失ってからの雛菊の顔は、鬼気迫るものだった。美しい顔は凄みを増して、もう姉女郎たちに苛められることもなくなった。

「雛菊は、もうおかしくなっているね」

涼音が、煙管をふかしながらお勝に言いに来たことがあった。

「前のあの子の目はあたしらを馬鹿にしていた。でも、今のあの子の目は、あたしらの顔さえ見えちゃいない。何だか気味が悪いよ」

涼音はそう言って、今度は雛菊を避けるようになった。

逆にそんな風に変わった雛菊には、吸い寄せられるように客が集まりもした。いずれも、一癖ふた癖ある男たちばかりだ。かつて、女郎を折檻して吉原を締め出された商人や、おかしな趣味を持つ絵師。だが、そんな連中も三度で逃げて行く。心中を持ちかけているらしいということを聞いたのは、三人目の客が去ったあたりだったか。

「じゃあ、やっぱりあの間夫が相手じゃないのかねえ」

お由は湯呑を両手で握り、ゆっくりと口に運んで飲み干すと、その苦味に顔を顰《しか》めた。

「ごちそうさん」

お由はそう言うと、指でこめかみを押さえながら部屋へと戻って行った。

お勝が薬缶を片付けていると、再び背後から声がかかった。

「お勝さん」

声と同時に、からりと戸板が開いた。見ると、禿《かむろ》が一人、立っていた。

「おいらん姉さんがおよびです」

それは、三雲太夫の可愛がっている禿だった。

「はいよ」

お勝は立ち上がり、軽く前掛けを払うと、廊下へ出た。妓楼の二階には、三雲太夫の部屋がある。襖を開けると、まずは道中の時に羽織る豪奢《ごうしゃ》な打掛が目に入った。そして、その奥にある布団で、三雲太夫がゆったりと昼寝をしていた。

「太夫」

お勝が声をかけると、三雲はゆっくりと起き上がる。そして崩れた頭を軽く整えると、ため息にも似た欠伸《あくび》をした。そして禿に目をやると、枕辺から小銭を出してそれを握らせた。

「外へ出ておいで」

禿はお駄賃をもらうと、へい、と言って嬉しそうに出て行った。禿が出て行ったのを見計らい、お勝は一つ息をつく。

「お史《ふみ》ちゃん」

お勝の呼び声に三雲は笑みを浮かべてお勝の傍に寄って来た。

「お勝っちゃんちょぃいと、肩を揉《も》んでおくれよ」

お勝は三雲の後ろに回り、その細い肩を揉む。

三雲は元の名をお史といった。しかしその名を捨ててからの方が長い。お勝と同じ村に生まれ育ちながら、三雲は瞬く間にお職に上り詰めた。片やお勝は、その容姿のせいもあってなかなか売れっ子にはなれない。それでも、十五の時から二年ほどは客をとっていた。やがて、物珍しがる客も絶え、夜の間ずっと、格子の中でお茶を挽《ひ》く日が続いていた。

三雲がお職花魁になる頃には、妓楼から追い出されることになりそうだと、三雲に告げたことがあった。すると三雲は店の主人に掛け合った。

「お勝を下働きでも、ここに置いて下さらねば、あっちは客をとりんせん」

三雲の言葉に、主人は折れた。

お勝は、似合わぬ打掛を捨てて前掛けをし、格子ではなく納戸部屋で、花魁たちの衣装のほつれを直したり、洗濯をしたりと、日々、忙しい暮らしをしている。売られて来た手前、里から逃げることは叶わないが、客をとっていた頃よりも楽になった。

「お勝ちゃん」

三雲は幼い頃と変わらず、お勝をそう呼ぶ。

「何」

「雛菊のこと、何か聞いたかい」

「何か新しいことが分かったのかい」

「昨日、南畝先生がいらしたんだよ」

三雲の馴染みの大田南畝が、昨夜、遊里に来ていたことは知っていた。

「以前、お勝ちゃんが言っていた、清さんっていう男のこと、調べたそうだよ」

お勝は、うん、と頷いた。

「幼馴染で、許婚だったそうだよ」

三雲は吐息をするような、微かな声でそう言った。お勝はふと手を止めた。

「え」

お勝が問いかけると、三雲は俯いた姿勢のままで言葉を継いだ。

「あの……雛菊を捨てた男。雛菊がここに流れてくる前、幼いころに知り合って、一緒に育ってきたそうだ。許婚として嫁にいくはずだったらしい」

「そう……」

それならば、それは客と女郎の間柄ではない。だからこそ、雛菊は揺らがぬ思いを抱いていられたのだと思った。

「どうやら、雛菊が死んだことも知らなかったって話だから、下手人じゃなさそうだけど」

「そう……」

そして再び三雲の肩を揉みながら、その細い白首を見つめ、お勝はつぶやく。

「幼馴染じゃあ、捨てられたのは余計に辛かったろうね」

三雲は、こくんと頷いた。

いつか、楽しそうに男の話をしていた雛菊の顔を思い出し、お勝はぐっと唇を嚙《か》んだ。

幼馴染で許婚。無垢《むく》な少女だった頃の雛菊のことを知っていたはずのその男は、何故、雛菊を捨てたのか。その理由は想像に難くない。思いだけで吉原の中と外がつなげるものならば、きっとここはもっと明るいものになるのかもしれない。

暫くの沈黙が続き、三雲は不意に肩を揉むお勝の手にそっと自分の手を添えた。

「お勝ちゃん、辛いことはないかい」

三雲は案ずるようにお勝を振り返る。

「何もないよ。お職の三雲太夫がついていてくれるからね。おかげさまで」

お勝が笑うと、三雲は静かに頷きながらお勝に向き合うように座ると、その手をしっかりと握った。

不安気なその顔は、幼い時のままだった。

度重なる不作で、食うことさえも事欠く北の小さな村。そこでは、女の子が生まれたら、女衒が買いにくるのがいつものことになっていた。この里にも、三雲やお勝と同郷の女たちがいる。

小さな頃は、男の子たちとも混じって遊び、お勝は喧嘩になると強かった。その頃から愛らしかった三雲は、しばしば男の子にからかわれ、泣いてお勝の元にやって来た。そんな、懐かしい日々のことが不意に脳裏を過《よぎ》る。

「お勝ちゃんは、私のことを忘れないでおくれね」

三雲は真っ直ぐに問いかけた。

「何を言うの。一緒にいるのに忘れるわけがないじゃない」

お勝が笑いながら答えると三雲は、ふるふると首を横に振った。

「私が、お史だということを、忘れないでおくれ」

三雲はそう言うと、真っ直ぐにお勝を見た。お勝はその視線の先で、圧倒されたように、小さくこくりと頷いた。それを見て、三雲は静かにお勝の手を離す。

「雛菊の気持ちは分かる気がするよ。ここで三雲として何人に恋われ、何人に嫌われようと、私は傷つかない。けれど、お史を知っているお勝ちゃんに嫌われたら、私はもう、生きてはいられない」

三雲は細い声を絞るように言った。小さな娘のように自分の肩に額を預ける三雲の背を、お勝は黙って撫でていた。

そして、ああ、雛菊は死にたかったろうとふと思った。

第二章

一

大川を渡る舟の上で、金四郎は水面を眺めていた。隣では大の字で横たわる国貞がいる。金四郎は国貞を横目に見ながら、懐から書付を取り出すと、それを眺めた。

昨夜、金四郎は再び南畝に連れ出されて吉原に来ていた。とはいえ、相変わらず南畝が奢《おご》ってくれるわけでもなく、

「お前は笛でも吹いておけ。そして、お前は絵でも描いていろ」

南畝先生が三雲太夫にお酌をされて笑っている間、金四郎は、男芸者よろしく端っこに侍《はべ》っていた。

一方の国貞は、なかなかいい待遇にあった。絵描きというのは、遊女にもてるもの

である。とくに美人画ともなれば、我先にと描いてもらおうとするものが後を絶たない。おかげでその日は、呼んでいない芸者や花魁《おいらん》たちまで南畝の座敷に詰め掛けて、大層、盛り上がっていた。

国貞が美女に囲まれにやけながら絵を描いている間に、上座に座った南畝が金四郎に手招きをした。

「何でしょう」

膝《ひざ》を進めた金四郎に、南畝は声を潜めて問いかける。

「例の件はどうなった」

「それが、ちっとも」

過日許婚《いいなずけ》の山川に会いに行ってから、すっかりあてが外れた金四郎は、三日ほど前に再びお勝に会って、お勝が覚えている雛菊の客の名を一通り聞いてみた。少なくとも三度は来ていたという客が七人はいたが、そのいずれもが町人ばかり。

それでも一応、三度通った男たちの店を回ってみたけれど、血相を変えて叱《しか》られるのが関の山だった。

「心中なんてとんでもない。全く、人迷惑な女郎だよ。あんな文《ふみ》を寄越してきて」

と、怒鳴ったのは、確か伊勢屋《いせや》の番頭だった。

「じゃあ、そいつらにも心中のお誘いはあったっていうのか」

金四郎は、うなずいた。

「訪れた七人が七人とも、心中の誘いを受けていたそうです。本気になんぞしてはいないが、薄気味悪いのでそれ以後、足が遠のいたというのがみなの話でして」

「しかし雛菊も罪な女だな。そんなに心中したかったのか」

金四郎は、懐から雛菊の客の名を記した書付を取り出して南畝に見せた。南畝は、その名前を見ながら、ふうん、と唸った。

「いずれも大店《おおだな》の番頭やら若旦那《わかだんな》やらだな。まあ、稲本屋に三度上がるっていうなら、金がなきゃなあ」

「あとは、一度の客ばかり。さすがに初会《しょかい》だけで心中しようって男はいないでしょう」

金四郎は、苦笑する。南畝も、唸《うな》ったまましばらく紙を睨《にら》んでいた。

そのとき、先ほどまでまるで人形のように、南畝の隣でじっと静かに座っていた三雲太夫がゆらりと動き、南畝の手元の紙をとった。そしてその白い指で、紙に書かれた名前の一つについと、指を差した。

金四郎が覗《のぞ》き込むと、そこには、

「万屋吉三郎《よろずややきちさぶろう》」

という名が書かれていた。

「このお人は」

甘く低く涼やかな声が三雲太夫の口からこぼれた。金四郎は、その端正な赤い唇に、目を奪われていたが、慌てて、いいえ、と首を横に振った。

「何だ、この万屋が怪しいのか」

南畝が問いかけると、三雲はゆっくりと首を傾《かし》げた。それに合わせて、簪《かんざし》がシャラシャラと、音を鳴らす。

「気になるお人でありんした」

金四郎が問い返したが、三雲はそれ以上を語らず、再び人形に戻ったように顔から表情を消し去った。

金四郎はなおも問いかけようとしたのだが、背後から勢いよく国貞にのしかかられた。

「金四郎、笛を吹け、笛を」

ほろ酔いの上に絵を描き続けた国貞は、かなり上機嫌で、金四郎の頭をポンポンと叩《たた》く。屏風《びょうぶ》前に引きずられ、芸者の三味線に合わせて笛を吹いた。

音に合わせて、その場にいた女郎たちも踊り始める。その楽しげな笑顔を見ながら、金四郎の脳裏には、あの日の雛菊の死に顔が浮かんでいた。

明けて早々南畝は出仕があるからと、金四郎と国貞に舟賃と小遣いを置いて出て行った。

「無駄には遊べないようにっていうんだろうが、南畝先生は存外、けちだな」

国貞は、愚痴を言いながらゆらりと起き上がる。

「一度会っただけで、心中したいと思いますかね」

「俺は思わないね」

国貞は、大あくびをしながらそう言った。

「知ってますよ。国貞さんは意地でも生きる人ですよ」

国貞は、むくりと起き上がり、伸びをした。

「なんで、三雲太夫はその万屋って奴を選んだんだ」

「さあ、気になる人でありんす、だそうです」

「ふうん」

二人の乗った舟は、ガタンという音を立てて、柳橋に着いた。

二人で日本橋近くを歩いていると、日本橋の南にある、晒《さら》し場《ば》のあたりに人だかりができている。そこには、一組の男女がつながれているのが分かった。

「見ろよ。心中のし損ないだな」

国貞がぽつりと言った。

若い女は着物も着崩れ、髪もほどけている。男のほうは、髻《もとどり》が外れてざんばらになっている。それでも身なりを整えることも許されず、橋の袂《たもと》につながれていた。

心中の場合、死体になったとしても、その死体は検分の後、着物を剝《は》がされ、晒される。一方が生き残った場合は、片方は死罪。双方が生き残った場合は、こうして三日の間、晒された挙句、身分を一つ下げられる。

女はまだ若く、十六、七といったところ。男のほうは二十ほどだろうか。

二人を囲んで、次第に騒ぎは大きくなっていった。

「どいてください」

甲高い声が響き、その人垣を搔《か》き分けて、金四郎の傍《かたわ》らに華やかな振袖姿の娘が立った。娘は息を詰めて晒されている二人を見ると、不意に力が抜けたようによろめいた。金四郎は、思わずその体を受け止めた。娘は、まだ震えているようだった。

「大丈夫ですか」

娘は振り返り、微笑《ほほえ》んだ。

「はい。大丈夫です。大丈夫です」

娘の装いは一目で、裕福な箱入り娘だと分かる。その箱入り娘が、朝早くから、こんなところで心中の晒し者を見に来るのには、わけがあるのだろう。

「お送りしましょう」

金四郎がそう言うと、娘は、いいえ、と断って踵《きびす》を返しかけたが、結局、数歩も歩かぬうちに、またよろめいた。金四郎は娘を支えて歩き始める。

「どちらですか」

娘は観念したらしく、おとなしく金四郎に支えられて歩き始めた。

娘は年のころは十七ほど。薄紅色に、桜をあしらった振袖《ふりそで》に、細工の美しい鳥の平打ちをさしている。白い肌は、今、青白く見えるほどではあるが、切れ長な目が美しい。

「お嬢様」

橋の向こうから駆けてきたのは、二十くらいの女中だった。女中は、娘の傍らに寄ると、金四郎から娘を奪い取るように引き離し、金四郎を一瞥《いちべつ》した。

「お玉《たま》。こちらの方が、介抱してくださったんです」

娘は、女中をお玉と呼び、そう言った。お玉は、まあそうですか、とわざとらしく言い、金四郎に慇懃《いんぎん》なほど頭を下げた。

「いいえ、お大事になさってください」

金四郎の言葉に娘はにっこりと微笑んだ。微笑むとほんのりと頬《ほお》が色づき、愛らしさはいや増したように見えた。

その背を見送っていると、国貞がからかうようにやってきた。

「一目惚れか、金四郎」

金四郎は背を叩かれて、思わず我に返った。

「いや、違いますよ。ただあの人は、何で必死にこんなところに来たのかなあと」

図星を指されたように慌てふためき、口をついて出たのはそんな疑問だった。口にしてみて改めて、金四郎はその疑問を新たにした。

なぜ、絹の着物をまとうようなお嬢様が、心中のし損ないを見物に来たのか。

「大方、あの男のほうが、自分の思い人とでも思ったんじゃないか。安心した様子からして、違ったんだろうが」

言われてみれば、男はさきほどの娘とも似合いの年頃に見えた。国貞の言うことには、一理あるのだろう。

「さっきの娘、見覚えがあるな」

国貞はそう言うと、ぽんと手を打った。そして、金四郎を手招くと通り沿いにある絵草紙屋、和泉屋に入る。主人の市兵衛は、二人を出迎えた。

「おう、国貞さんに金さん。今日は朝早いね」

「早いというか、遅《おそ》いというか。さっきまで飲んでいたんでね」

国貞は頭を掻《か》きながら店先に座り、並べられた絵の中から一枚を選ぶと、それを金四郎に見せた。

「これは」

切れ長な目が印象的な、美しい娘が描かれている。

「これは、俺が描いた。そこの南伝馬町《みなみてんま》で袋物をやってる久野屋《くのや》の娘、お美祢さんだよ」

「さっきの娘じゃないですか」

金四郎が思わず手に取ると、市兵衛は、ずいと膝を寄せてきた。

「最近じゃあね、花魁や役者絵に負けず、小町娘の絵は人気でね。どうです、一枚」

「国貞さんの絵っていうのがなあ」

金四郎は、それをそのまま市兵衛に返した。市兵衛は残念そうにそれを元の箱へと戻す。そして、二人の方にさらに膝を寄せると、声を潜めた。

「この久野屋小町は早いところ売り切らないと、在庫になっちまうんですよ」

「何で」

「嫁入りが決まったそうで」

国貞は、顔を顰《しか》めた。

「何だよ。また別の小町娘を探さなきゃならねえ。金四郎も残念だったな」

「別に、さっき会っただけじゃないですか」

「いえいえ、国貞さん。金さんはね、先日、ずいぶん年若いお連れがあったんですよ」

市兵衛は、先日、恵を連れてきたときのことを言い出した。

「何だ金四郎。童女が好きか」

「違いますよ。あれはその、妹のようなものです」

「じゃあ、やっぱり小町娘を買わないと」

市兵衛は、そう言うと、再び久野屋小町の絵を押し付けてくる。金四郎は断れずに、小銭を取り出した。

「全くもう、人のものになると知ってる娘の絵姿を買ったところで楽しくもない。ところで、どちらに縁付くんです」

「何、殴り込みでも行くか」

国貞はからかうように言った。

「それもいいですね」

金四郎の言葉に、市兵衛はふと記憶を手繰《たぐ》るように首を傾げて、それからぽんと手を打った。

「万屋の跡取り息子、吉三郎という人ですよ」

二人は思わず顔を見合わせた。

万屋は、日本橋から程近い室町《むろまち》に店を構えている。今の店主次郎八《じろはち》は、三代目を務めているという。糸物問屋としては屈指の大店で、元は近江《おうみ》商人の流れを汲《く》んでいるという。品も良く、評判も上々だ。

金四郎と国貞は、和泉屋から足を延ばし万屋の前にやってきた。かけ看板には、「萬《よろず》糸物しな〳〵」と書かれている。国貞は好奇心のままに足をすすめ、金四郎もその後に続いて万屋の暖簾《のれん》をくぐった。

「いらっしゃいませ」

愛想のいい、大柄な手代《てだい》の男が顔を見せた。

「糸巻きを見せてくれるかな」

国貞が言うと、はいはい、と言って、手代は糸巻きをいくつか並べる。

そのとき、店の奥にかけられた暖簾の向こうから、すらりと背の高い、二十歳ほどの男が顔を覗《のぞ》かせた。面長《おもなが》で、役者絵にでも描かれていそうな男前だった。

だが、その男が店の中に現れた瞬間、店内の気配が緊張したように感じられた。

金四郎たちの接客をしていた手代の表情も、一瞬、やや硬くなった。その若い男は、何をするわけでもなく、ただ店の中を横切り、そしてまた奥へ入っていった。

「あちらは、若旦那ですか」

金四郎が問いかけると、手代は、へえ、と言ってうなずいた。手代はそのまま、いくつかの品を並べ、国貞はそれらを散々見た挙句、一番安い一つを買った。

店を出ると、金四郎は国貞と顔を見合わせた。

「ああいう男は、雛菊みたいな女に惚《ほ》れるかもしれねえとは思う」

「雛菊みたいな女って、どういう女です」

金四郎の問いに、国貞はしばし黙って腕を組んでいたが、ふと思い立ったように歩き始めた。

「話すのもいいが、腹が減った。おごれよ」

そう言うと、本町にあるめしやに入った。金四郎も腹が減っていたので、二人で煮豆や田楽を注文すると、床几《しょうぎ》に腰掛け、それを頬張る。

「それで、話の続きは」

国貞は、煮豆を食べながら、おお、と思い出したように話を続けた。

「雛菊は美人だ。正直、三雲太夫にも負けない。でも、あの女がお職花魁になれねえのは何でかってえと、あの女に陰があるからだ」

伊達《だて》に美人画を描いちゃいねえよ、と、国貞は付け加えた。

「花魁ってのは、華やかさが売りだ。お大尽《だいじん》って連中は、不幸を振りまく女を何より嫌う。三雲は食い詰めた農家の出でも、女郎としての仕事に気概を持っている。そういう女は華やかだ。その一方で、雛菊みたいな女は、いつまでも売られてきた女としての不幸な香りが売りだ」

「売りですか」

金四郎の言葉に、国貞は、おう、とうなずく。

「不幸な香りにそそられる男ってのも、世の中にはたくさんいる。そいつらは、お大尽にはなれねえ。でも、そこそこ恵まれてて、そこそこ不満があるのさ。あの吉三郎って男には、そういうそこそこ男の風情がある」

金四郎は、そこそこ男ね、と繰り返し、眉根《まゆね》を寄せた。

「男前で大店の若旦那。しかも許婚は小町娘ときているのに、そこそこなんですかねえ」

「そう。それなのに、あの陰気くせえ顔。あいつ自身が今の境遇に満足しちゃいねえ。だから、そこそこ男なんだよ。あの男とあの小町娘のお美祢《みね》は、つりあいが悪すぎる」

「家同士は、そこそこつりあっているようですけど」

そこそこ、とつぶやいて、国貞は笑う。

「それがどうした。色恋とは関係ねえよ」

国貞は、そう言って、うまそうに田楽に食いついた。

「お前はまだまだだな」

勝ち誇ったように、国貞は言う。

美人画の仕事だとか言いながら、吉原、深川と岡場所通いをしている国貞に比べれば、金四郎はまだまだ女談義の相手には不足なのだろう。

だが、国貞の評はともかくとして、確かに、あの吉三郎という男の持っている雰囲気は、活気ある万屋の店の中では、ひどく異質なものに感じられた。そして、美祢にはとてもつりあわないようにも思われた。

金四郎と国貞が話し合っていると、店の前を、そこそこ男の吉三郎が通り過ぎていくのが見えた。

「すみません。ご馳走《ちそう》さん」

金四郎は、代金を床几に置きさり、国貞と共に、あわただしく店を出て、吉三郎の後を追った。

吉三郎は、久野屋の方向へ向かっているように見えた。しかし、吉三郎が向かったのは、日本橋南詰にある晒し場だった。そこには、例の、心中し損ねた男女が、晒されており、二人の素性と罪状を記した立て看板がかけてある。冷やかしの人は引きも切らず、くすくすと忍び笑いが漏れている。

吉三郎は晒される二人の前にじっと立ち尽くしたまま動こうとしない。笑うでもなく、哀れむでもない。その表情は、蠟《ろう》で固めたかのように動くことはない。金四郎は、その様子を固唾《かたず》を呑《の》んで見守っていた。

やがて吉三郎はくるりと向きを変え、元来た万屋の方向へと歩き去っていった。如月《きさらぎ》の川から、まだ冷たさの残る風が吹きつける中、晒し場の二人の男女は、互いに言葉を交わすこともなく、うつむいたまま座り続けている。金四郎は、その二人と、遠ざかっていく吉三郎の背を見比べていた。

二

金四郎は解《ほぐ》れた鬢《びん》を撫《な》でつけながら、髪結床《かみゆいどこ》へと足を踏み入れた。

「おう、金さん」

待合をしている同じ長屋の大工が軽く手を挙げた。

「どうも」

挨拶をして小上がりに上がる。

「ちょっと待っててくれよ」

髪結いの源八《げんぱち》は手際よく、目の前の男の髪を結い上げた。

源八は年の頃は二十七、八。この木挽町で髪結いとして五年ほどやっている。身の丈が六尺ほどもあり、髪結いと言うにはいささか逞《たくま》しすぎる印象の男だ。

「源八さんの腕っぷしにかなう野郎は、この辺りにはいないね」

以前、居合わせた町人が噂《うわさ》していた。何でも、若い時分には喧嘩でしょっぴかれたこともあったというが、髪結床を始めてから、町奉行所の岡引もしているらしい。

町人たちの噂話に聞き耳を立てながら、時折、話を振りつつも、手際よく髪を結っていく。気さくな源八の店はよく繁盛していた。

「さ、金さん」

金四郎の番が回って来たので、源八の前に座る。髻《もとどり》を結う紐《ひも》をパチンと切ると、櫛《くし》で髪を梳《と》かし始める。

「そういや先日、えらい華やかな着物のお嬢様が、金さんの長屋に来たって噂だったけど、どういう縁のお嬢さんだい」

源八はさらりと問いかけた。

「え」

金四郎が勢いよく振り返ろうとすると、源八はその首をぐいっと正面に向かせる。

恐らく、恵のことだろう。背後から問いかけられると、顔が見えないだけに下手な嘘《うそ》はつけないものだ。

「いや……知り合いの娘さん……で」

嘘はついていない。堀田の家とは知り合いで、そこの娘なのは間違いない。

「へえ」

半ば笑ったような声が頭上から降ってくる。

「その前には、侍然とした男が何人か、金さんの長屋を覗《のぞ》きに来ていたらしいが」

金四郎は黙り込む。恐らく、父が金四郎を探していた際に、手下に頼んだのだろう。

「金さんは、実はかなりな御武家様の御曹司《おんぞうし》なんじゃないかって噂もあるんだけどね」

金四郎は、ははは、と空笑いをして見せたが、源八はその笑いを宥《なだ》めるように、トントンと肩を叩いてから、ぐっと耳元に顔を近づけ声を潜める。

「こちとら、伊達《だて》に岡引をやっちゃいねえよ。人品《じんぴん》ってやつは滲《にじ》むものでね。毛色が違うのは見れば分かる」

どうやら、この男にはある程度の身の上は知れているらしい。

「それだけじゃねえ。先日の、吉原田んぼの女郎殺し、お前さんが見つけたらしいね」

「そう。でも、あれの下手人《げしゅにん》はまだ捕まらないんだろう」

「あれはもう、捕まらないかもしれねえな。何せ、殺されたのは女郎だからな」

「そうなのかい」

金四郎はふと、源八に吉三郎のことを聞いてみようと思った。

「源八さん、日本橋室町の万屋の若旦那、吉三郎って知ってるかい」

「ああ、あの話」

源八は、もう話し疲れたとでも言わんばかりの様子で返事をした。

「あの話って。何か知っているのか」

「あれ、万屋に火付けがあった話じゃないのかい」

「火付けがあったのか」

「そう、ちょうど睦月《むつき》の終わりかね」

源八の話によると、睦月の終わりごろ、夜の亥《い》の刻（午後十時）の少し前に、日本橋室町の万屋で火付けがあった。火は店の外から付けられていて、早々に小僧が気付いたおかげで小火《ぼや》程度で済んだ。しかし火消しが大挙して訪れ、店の者もおおわらわ。

「その時に、あそこの若旦那のことが話題になったのさ」

若旦那である吉三郎は、大層な男前だった。これまで万屋の当主である次郎八には、別の跡継ぎがあったのだという。しかし、その長男が病で死んでからというもの、急に、あの吉三郎が引っ張り出されてきたのだという。

「その日の小火は、結局、後片付けやら何やらで、子《ね》の刻（午前零時）までかかったって話だ」

それほどに大騒ぎになっているというのに、当の吉三郎という男は、まるで精気が抜けたようにぼんやりと人垣を眺めていて、その様子が何とも奇妙だったと、火消し連中は噂をしていたという。

「確かにあそこの若旦那は、なんだか覇気ってものがねえ」

源八はそう毒づき、金四郎の髪を結い終えても、しばらく肩など叩いて、まだ話をするつもりらしかった。

「で、金さんはあの吉三郎の何を聞きたいんで」

「いや」

金四郎が言いよどむと、はたと気付いたように源八は手を止めた。

「そういや、あの火付けの日、睦月の晦日《みそか》だ。例の、吉原で雛菊って女郎が死んだのと同じ晩だ」

金四郎は、思わず源八を振り返った。言った源八自身、その事実に驚いたように、目を見張っていた。

「おう、早くしてくれよ」

待っている客の一人が声を上げた。

「邪魔したね」

金四郎が立ち上がると、源八はまだ何かを問いたげに、視線を投げた。金四郎はそれをいなして、店を出た。

火付けは、江戸にとっては一大事だ。

ほんの五年前、芝高輪《しばたかなわ》で火事があり、その火は瞬《またた》く間に燃え広がると、京橋、木挽《こびき》町にまで及び、ついには日本橋も焼け落ち、千人を超える死者が出た大惨事があったばかりだった。

火付けは大罪で、火刑に処せられるのが決まりとなっている。

そんな火付けが、よりにもよってあの夜、あの万屋で起きていた。

髪結床を出ると、木挽町界隈《かいわい》は相変わらずの忙《せわ》しなさだった。飛脚が通り過ぎたかと思うと、子供たちが群れをなして横切っていく。その先には、おこしを売り歩く男が踊りながら歩いていく。

「こりゃこりゃ来たわいな、来たわいな、二十四孝のお釜《かま》おこしが来たわいな」

妙な節回しを、子供たちは真似《まね》している。扇を広げて、首から箱を提げたおこし売りをやり過ごし、木挽町から北槇《きたまき》町へと歩いていく。

空はよく晴れていた。

途中、盥桶《たらいおけ》を担いで歩いてくる稲荷寿司売りの男を見かけ、金四郎は足を止めた。

「五つくれるかい」

「へえ」

男は手馴《てな》れた手つきで稲荷寿司を笹に包むと、金四郎に手渡した。金四郎は、それを片手に再び歩き出す。国貞を訪ねるつもりでいた。

歌川国貞は、北槇町にある、師匠の歌川豊国の家に住みついていた。

歌川豊国は、四十そこそこの、絵師である。かれこれ十数年ほど前に、豊国の絵に惚れ込んだ和泉屋市兵衛が、豊国の「役者舞台之姿絵」を出してからというもの、役者絵では、今、もっとも売れていた。

森田座のみならず、中村座、市村座も、こぞって豊国に役者絵を描かせ、興行の際には、その絵を座の前に大きく掲げていた。

ただ、この豊国は気分屋で、のっているときは、たった一日で十枚もの絵をあげるが、あがらないときはさっぱり。実はこの次の森田座の興行の役者絵も、豊国に依頼するらしいと、金四郎は五瓶から聞いていた。

歌川豊国の家は障子が閉まっていた。しかし中で気配はしている。

「ごめん」

金四郎がそろりと戸を開けると、中から人が飛び出してきた。そして、裸足で駆け下りると、金四郎を外へ押し出す。

「国貞さん」

国貞は、金四郎の口を手のひらで塞ぐ。押されるままに家の戸口から離れたところで、ようやく国貞は金四郎を放した。

「何だ、金四郎か」

国貞は、眉根《まゆね》を寄せて問いかける。

「何ですか全く。出迎えなら、もう少しやりようがあるでしょう」

金四郎の言葉に、国貞は聞こえよがしなため息をつき、国貞は色黒の頬を、長い人差し指でぽりぽりと掻きながら、大きくあくびをした。金四郎はため息をつく。

「眠いんですか」

「おう。昨日から師匠のご機嫌が斜めでな。ちょっと前にやっとおとなしく寝たところだよ」

師匠がとうとうと語り続ける愚痴を一晩中聞かされたという国貞は、これ見よがしなあくびをもう一つして見せた。

「国貞さんに話があって来たんですよ」

「それより、それ、何だ」

国貞は、金四郎が手にしていた稲荷を指した。

「ああ、丁度いいときに、稲荷売りに会ったから」

国貞は、そのまま金四郎を手招き、傍らにある縁台に腰掛けるように促した。二人は、そこで稲荷をつまむ。

「実は、さっき源八さんから妙な話を聞いたんですよ」

金四郎は、黙々と稲荷を食べる国貞に、火付けの次第を話して聞かせた。

「それは、偶然でしょうか」

金四郎の問いに、稲荷をのみこんだ国貞は、手についた米粒を食べながら、金四郎を見る。

「お前は、それが仕組まれていると思うのか」

金四郎は、首を傾げた。

子の刻まで南畝の宴席にいた雛菊が吉原で殺された。だが、吉三郎は、木戸が閉まってしまう亥の刻まで万屋にいたことを、みなが証明している。

国貞は、うん、と唸《うな》ってから、金四郎を見た。

「まあ、いずれにせよ、お前のあては外れたってことだ。あの男は頗《すこぶ》る妙な雰囲気を持っていたとしても、雛菊の死とは、全く関係がない。第一、万屋は商人だ。刀はない」

「確かにそうなんですけど」

金四郎は腑《ふ》に落ちない。

「まあ、聞きたい気はあるが、今は眠くてかなわねえ。お前の家で寝かしてもらおうか」

国貞は立ちあがって伸びをすると、金四郎の返事も聞かず、ふらふらと歩き始めた。

再び、日本橋のほうへと戻ると、屋台の茶店が通りに出ていた。その床几に腰掛けて、源八が茶を飲んでいるのが見えた。

「源八さんだ」

金四郎は国貞を置いて、源八のほうへと走り寄った。源八もまた、おう、と手を挙げて金四郎を手招いた。

「さっきの話、もう少し詳しく聞くかい」

源八は声を潜めた。金四郎は、源八と並んで床几に腰掛ける。国貞も、あくびをしながらそこに腰かけた。

「万屋の火付けなんだが」

「捕まったのか」

国貞が聞くと、源八は、頭を横に振った。

「あれは、狂言じゃねえかって」

源八の話は、こうだった。

あの夜、万屋で火付けの騒ぎが起きたのは、木戸が閉まる亥の刻の少し前。人通りもなく暗がりが広がるそのときに、まだ燃え広がってもいない火事を誰が見つけたのか。

「火消しの連中が言うには、火事だという叫びがあったと言っている」

「じゃあ、誰かが見つけたと」

「それが、子供の声だというんだ」

金四郎は眉根を寄せた。

「子供？」

「店の者の話では、小僧じゃないかって。確かに十二の小僧が、一番先に慌てて店のものを起こしに来たっていう話だ」

それはまた聡《さと》い子供がいて良かった、と言うと、店のものは一様に首を傾げたという。その小僧はいつもはぼんやりとしており、仕事を覚えるのも人一倍時間がかかる。夜になれば寝入るなり高いびきで、朝起こすのも一苦労な子だという話だった。

「しかも、火付けにしては妙だというんだ」

火付けとあれば燃えやすいところを選びそうなものを、水桶の側《そば》に火をつけて、何度も消えたような跡が残っていた。結果、裏木戸に火がついて燃え上がっていたが、おかげで被害は少なくて済んだのだという。

「その小僧がやったっていうのか」

源八は、うん、と半ば唸りながらうなずいた。

「いたずらにしちゃ、性質《たち》が悪いな」

「それがいたずらっていうのとも、ちょっと違うようだ」

小僧は火事の翌日、店先に来た唐人あめ売りからあめを買って、食べていたと。あめのほかにも、饅頭《まんじゅう》やら餅《もち》を買い込んで、部屋で食べているのを他の小僧が見つけ、店のものが叱ったという。そもそも、店では小遣いなどあげてはいない。盗んだのではないかと言うと、小僧は小遣いをもらったのだと言った。

「吉三郎の許婚、久野屋のお美祢だって噂だ」

源八は、声を潜めた。金四郎は半ば驚き、半ば納得した。

「お美祢さんには確かめたのか」

「小僧の言うことだからと、親分が取り合わなかったんでね。まあ、被害もさほど出たわけじゃなし、子供にはお咎《とが》めもないからな」

源八はそう言うと、探るように金四郎を見た。

「あんた、岡引にでもなりたいのかい」

源八は低くどすのある声で問う。金四郎は、その源八の様子に気《け》おされながら、首を横に振った。

「いや、ただ、俺が骸《むくろ》を見つけたから、気になってね」

源八は、そうかい、と言った。

「岡引連中は、それぞれに縄張りってもんがある。あんたが摑《つか》んだ話は、こっちに流しておくれよ。そうしたら俺はあんたに力を貸してやる」

「ありがとう。分かったことは、源八さんに知らせるよ」

源八はそれを聞くと、いつもの顔に戻った。

「ま、気張れよ。ちなみにその小僧ってのは、音松《おとまつ》っていう名だそうだ」

床几から立ち上がり、金四郎の肩を叩くと、そのまま店へと帰っていった。

「国貞さん、先に俺の長屋に行っててくださいよ。俺、調べてきます」

その言葉に、国貞は何も言わずにただ手を振った。

「そのまま、そこで寝ちゃだめですよ」

と声をかけたが、床几にほぼ横になりかけていた。

三

金四郎は、その足で万屋へ向かった。

万屋の店先では、小僧が箒《ほうき》で道を掃いていた。

「音松って小僧さんはどちらかな」

金四郎が問うとその小僧は、顔を上げて金四郎を見た。

「へい、あたしです」

丸々と太って、どことなくおっとりとした容貌《ようぼう》の少年だった。

「先日、こちらの火事では、一番最初に火を見つけたそうじゃないか。あんたのおかげで、この町も助かったってもんだ。ありがとよ」

金四郎がそう言うと、音松は、へえ、と生返事をしてうつむいた。

「でも、あんたが一番最初に見つけられたのは、実はあんたが付け火をしたからじゃないかって話もあるらしいじゃないか。火付けは火あぶりになるらしいよ」

音松は箒の柄をぎゅっと握り締め、顔は青ざめて震えているようにも見えた。金四郎はその肩をぽんと叩くと、音松は体を固くしてしまった。

「でもね、もしもそれが誰か大人に唆《そそのか》されたものだっていうなら、子供はお咎めなしらしい。早めにそういうことは、言ってしまったほうが安心だよな」

金四郎の言葉に、音松は救いを求めるようなまなざしで見上げた。

「ほんとうですか」

金四郎はうなずいた。すると、音松は涙を目に浮かべながら、金四郎の腕を引いて店の裏手に回った。

「頼まれたんですよ、お美祢さんに」

音松の声は震えていた。

「どうしてそんなことを?」

「若旦那が、女に会いに行くのを止めて欲しいって。火付けをして騒ぎが起これば、若旦那も木戸が閉まるまで出られない。それだけでいいからって」

「小遣いをたんまりもらったんだろう」

音松は小さくうなずいた。金四郎は、堪《こら》えられずに泣き出した音松の頭を撫《な》でた。

「あんたは悪くないよ。大人に、しかも、若旦那の許婚に言われたら、聞かねえわけにはいかねえよな」

「あたしはどうなりますか」

音松の言葉に、金四郎はうなずいた。

「大丈夫だ。ただ、このことは誰にも言わないほうがいい。良くない大人が聞いたら、あんたも無事じゃすまなくなる。じっと黙って奉公をがんばりな」

音松は、ようやくホッとしたように表情を崩し、手の甲で無造作に涙と鼻水をぬぐうと、再び箒を持って店先を掃き始めた。その様子はどう見ても不器用そうであったが、それだけに大人に振り回されたこの子が哀れに思えた。

金四郎は、そのまま久野屋に向かった。

久野屋では許婚のいる娘を、他の男に会わすようなことはない。店先に出ていた女中のお玉に数軒先の茶店で待っていると、文を渡した。しばらくしてお玉とともに美祢がやってきた。相変わらず、艶《あで》やかな振袖姿で、華奢《きゃしゃ》で美しい小町娘ぶりであった。

金四郎の横にふわりと座ると、香の香りが漂った。

「あの文は何ですか。私が付け火を唆したなどと……」

「万屋の小僧が、言っていましたよ」

美祢は金四郎から顔を背け、じっとしているだけだった。が、やがて、ふうと、聞こえよがしなため息をついた。

「もしそうだとして、どうだというのです。あの火事は万屋をほんの少し焼いただけでおさまったし、番所ももう調べてはおりませぬ。もし、小僧が火をつけたというのであれば、子供の悪戯《いたずら》。さほどのお咎めもありますまい」

「子供とて、無罪放免とは参りません。しかも金を摑ませてまでそんな真似をして、何の意味があるんです」

金四郎が声を荒らげると、美祢は周囲を気にして眉根を寄せた。金四郎も口を閉ざした。美祢は唇をかみ締めた。そして、小さなか細い声で話し始める。

「あの日、吉三郎さまは吉原に行く駕籠《かご》を手配するつもりだと、女中から聞きました。数日前から吉原から文が届いていたのだと聞いたのです」

その文には、「吉三郎さままゐる」と記され、差出人は「ご存知より」となっていた。花の枝に結ばれた、あからさまな恋文であったという。その文を受け取ってから吉三郎の様子は少しおかしくなったと女中は言っていた。

店にも出ず、身の回りのものを片付け始めた。従前より派手好みだったのだが、大切にしていた着物やら小間物を惜しげもなく人にあげてしまう。そして、どこかへせっせと文を書いていた。

気になった女中が、吉原から届いていた文の一つを開くと、

「恋の手本となりにけり　明日」

と、記されていた。

「曾根崎心中ですか」

金四郎が言うと、美祢は、小さくうなずいた。

「誰かも知れぬ女と、吉三郎さまは死ぬつもりだと思ったのです。それを知り、何としても止めたいと思いました」

美祢は、その文のことを手代に聞いてから、何とかして吉三郎を止める術《すべ》を考えた。

結果、火付けということに決めたのだという。

「その女の名前をご存知か」

金四郎が問うと、美祢は、首を横に振った。

「存じていれば、その女に、やめるように言うこともできましょう」

女中や手代、店のものに聞いてみても、吉三郎が吉原に行ったのは、数えるほどしかない。深川には出入りしているが、これといって入れあげている辰巳《たつみ》芸者がいるわけでもない。いつの間に、そんな心中し合う相手などが現れたのか、とんと見当がつ

かないというのが、店の者たちの話でもあった。

「それであの日、日本橋に晒された心中のし損ないを見にいらしたんですね」

金四郎は、あの日、必死の形相で駆けてきた美祢の様子を思い返していた。

「雛菊という名に聞き覚えはありませんか」

金四郎の問いに、美祢は、首を傾げた。

「聞いたこともございません。その女が、吉三郎さまの相手なんですか」

美祢は、金四郎に詰め寄った。

「どこの女です。早く止めないと」

「いえ、もう死にましたよ」

美祢は、ふと表情を曇らせた。

「死んだんですよ。睦月の晦日。あなたが小火を起こしたその日にね」

美祢の顔はみるみるうちに血の気を失った。手で口を覆うと、気を落ち着かせるように、深く長く息を吐いた。

「良かった」

美祢はそう言った。

「私が小火を起こさなければ、吉三郎さまは死んでいましたね」

美祢はそう言うと、暗い笑みを浮かべた。

「一つ、聞いてもいいですか」

金四郎の問いかけに、美祢は怪訝《けげん》な表情で金四郎を見る。

「あなたと吉三郎さんは、どういうご縁で」

「親同士が決めた縁です」

そんなことは珍しいことではない。大店であればなおのこと、親同士が、互いの商売の繁盛のために縁組を決めることなど、よくある話だった。

「私ははじめ、別に縁づくことになっておりました」

久野屋は元々、取引をしていた店の若旦那との縁組を考えていたという。

「私もその若旦那とも会いましたが、居丈高《いたけだか》で、自分の店の大きさを鼻にかけた男でした。でも、店のためとあれば仕方ないと、諦める覚悟もありました」

しかし、そうこうしているうちに、店が大きな踏み倒しにあったことを皮切りに、瞬《また》く間に傾き始めてしまった。そんな折に、常連だった万屋の女将が久野屋に吉三郎との縁談を持ちこんだ。

「父は縁談を断る言い分ができたと喜んでおりましたが、私は何やら不実なようで迷っておりました。でも、吉三郎さんに会って……」

そこまで言うと、美祢は口ごもり、俯《うつむ》いた。その横顔を見て、金四郎は得心した。

「あなたは、吉三郎さんを好いておられるのですね」

金四郎の言葉に、美祢は顔を上げて唇を噛みしめたまま小さく頷いた。

「初めてお会いした時、嬉《うれ》しかったのです。物腰も柔らかで優しくて。居丈高だった前の許婚とは大違い。男の人をきれいだと思ったのは、初めてでした」

頬を赤らめて話す美祢は、初めて吉三郎に会った時のことを思い出しているように見えた。金四郎はそれを見ながら、何やら嫉妬《しっと》にも似た心持がした。

「あなたほどの小町娘に惚れられるとは、吉三郎さんは幸せ者ですね」

半ばからかうような口調で言うと、美祢はふるふると首を横に振った。

「私は自惚《うぬぼ》れていたのかもしれません。小町娘と誉めそやされて、勘違いをしていたのでしょうね。吉三郎さまも、きっと私を好いて下さると思い込んでいました。でも、吉三郎さまは違います」

美祢は、はっきりと言いきった。

「あの方は、私に微塵《みじん》も気がない。私の思いはすり抜けていくだけなんです」

美祢は、細い肩を落としてうつむいた。憂いを帯びた横顔が、それでも艶やかに美しい。国貞がこの娘を描いた気持ちが分かった。しかし、その美しさとは裏腹に、美祢の中に淀《よど》む思いがあるのも感じた。

四

深川の茶屋に三味線の音が鳴り響く。その音に合わせて踊っているのは並木五瓶だ。

「よっ！　日本一」

調子のよい声がかかり、五瓶は踊りを止めて座を振り返る。そこには森田座の面々が二十人ほどずらりと顔を揃えていた。

「このところ、三座のうち、うちが一番、入りがいい」

声を張り上げる。

「それもこれも、ここにいる面々のおかげと思う。と、いうことで、遠慮なく飲んでくれ」

五瓶の言葉に、どっと座が沸いた。

「五瓶さん、そんなに金持ちかい」

裏方の誰かが声を上げる。

「何、あとから座主が来る」

座主の森田勘弥が来ることになっているらしい。

役者たちの大半はご贔屓《ひいき》の席に呼ばれていて、ここにいるのは端役の若者ばかり。

華やぎには欠けるが、それでも仲間内での宴《うたげ》は楽しいものだった。

「ああそうそう、今日は金の野郎が何とかとちらず笛を吹いた。それはめでたい」

不意に座の中央に押しやられ、杯に酒を注がれた。金四郎は一気にそれを呷《あお》って見せた。そしてふと、座の隅で静かに飲んでいる利助に目をやった。利助は金四郎をちらりと見ると、納得したように再び静かに杯に目を落とす。

その日の舞台で、不意に黒御簾《くろみす》から出て来た利助は、金四郎の腕を摑んだ。

「吹いてみろ」

と、とんと黒御簾の中へと金四郎を追いやった。金四郎は黒御簾の中にいる鼓方《つづみかた》と顔を見合わせた。

「あの……」

不安を満面に浮かべた金四郎に、鼓方はため息をつく。

「ま、一場だけやれ」

と、言われた。

客席に居並ぶ顔に目をやると、固唾《かたず》を呑んで舞台に見入っている人々がいる。これまでは他人事だった舞台が、不意に己のものとなると、急に緊張が湧きあがった。

「で、笛方として初めての舞台はどうだった」

五瓶に問われて金四郎は首を傾げる。

「それが……覚えていません」

全くといっていいほど記憶がない。とりあえず何とか一場を乗り切り、大向こうの声も聞こえていたということは、そこまで大外しはしなかったのだろうと思った。這《ほ》う這《ほ》うの体《てい》で黒御簾から転がり出ると、利助はその肩を叩き、

「まあ、まだまだだな」

とだけ言ったのだ。

「よくもまあそれで笛方見習いなどと名乗れたものだな」

五瓶に小突かれて金四郎は再び下座に戻る。隣では、上機嫌の国貞が芸者の手を摑んで口説いていた。金四郎は膳の肴《さかな》を摘まみながら、再び利助に視線をやった。

「どうしてお前さんは、笛方になりたいと思ったんだい」

今日、最後の幕が終わってから、片付けに立つ利助の手伝いをしていた時に、利助に問いかけられた。金四郎はすぐには答えが出せずに絶句した。すると、

「まあ、いいさ」

とだけ利助は言った。

なぜ、笛方だったのか。それはもちろん、芝居小屋に潜りこみたいと言った時に、南畝から紹介されたのが、笛方の家だったこともある。その時、

「役者や絵師、戯作《げさく》にも知り合いはいるが、どうする」

とも問われていた。だが、金四郎は笛を選んだのだ。

初めて芝居に来たのは、確か十四の年だった。旗本屋敷の中間《ちゅうげん》が、朝から出かけて行くのについて行ったのだ。芝居小屋は悪所の一つと言われている。家の者に見つかれば止められるのは分かっていたので、こっそりと抜け出すように出かけたのだ。

その頃、家にいるのが嫌だった。父はお役目で出世を遂げており、屋敷にもしばしば人が訪れていた。彼らの中には父に取り入って、あわよくば己も出世しようというような下卑た輩《やから》も多かった。そういう連中は必ず金四郎を見かける度に誉めそやす。

「立派なご嫡男に恵まれて、お幸せなことでございますな」

いつぞや、金四郎が庭で竹刀の素振りをしていた折のこと。父の客人が父が席を立った合間に話しているのを聞いた。

「この遠山の家は、景晋殿のお力でここまでになった。それを養父に義理立てて、血のつながらぬ養子に譲るのはさぞや残念でしょうな。いっそ、出家でもさせてしまえばいいものを」

金四郎は、思わず怒鳴ろうと縁側によじ登った時、ふと視界の隅に人影を見つけた。景善がそこに立っていた。その頃、既に二十歳を過ぎていた景善は、未だお役にもつけずにいた。

景善は、今にも怒鳴り込もうとする金四郎を見て寂しげに笑い、首を横に振ると、ついと視線を逸らしたのだ。金四郎は戸惑い、景善を呼び止めようとしたが、景善はそれを振り切るようにそのまま金四郎に背を向けてしまった。

あの時の景善の顔が忘れられず、いつまでも胸中に燻《くすぶ》っていた。芝居小屋に行ったのはそんな時だった。

「良きご嫡男」と言われることが、父を喜ばせることになる。だが、一方で景善の立場を奪い、苦しめている。そのことに気付き、己の道を迷い始めていた時だった。

満員の芝居小屋は人の熱気に溢《あふ》れ、騒々しい。絶えずしゃべり声がして、その声が小屋の中に籠もり、隣にいる中間が何かを言っても聞こえない。こんな小屋に来ることのどこが楽しいのかと思った。

拍子木が鳴り、幕が開く。

そして笛の音が響いた瞬間、空気がピンと張りつめた。先ほどまで金四郎の頭の中で渦を巻いていた、父や景善、己の立場などごちゃごちゃとした思いの全てが、しんと鎮まっていくのを感じていた。

ああ、そうか。あの時かと金四郎は思った。

歌い騒ぐ面々を尻目《しりめ》に、金四郎は銚子を手にして利助の傍らににじり寄る。

「俺が笛方になりたかった理由、分かりました」

利助は意外さを込めて金四郎を見返し、黙って先を促した。

「芝居小屋の騒がしさと同時に、てめえの頭の中の雑な思いも、全部取っ払ってくれる。あの澄んだ音に俺は救われたんですよ」

利助は注がれた酒をくいっと呷ると、金四郎を見た。

「そいつはいい」

にやりと口の端を上げて笑った。

「お前もそういう、邪気の払える笛が吹けるようになればいい」

するとそこへ、

「遅れてすまん」

と、座主の森田勘弥が現れた。

「よっ、座主のお出ましだ」

五瓶は浮かれた足取りで勘弥の肩を組み、宴はどっと盛り上がる。

座主の森田勘弥は、十年前に父の後を継いだ九代目。三十そこそこで元は役者をしていた。

「昔はまあまあ男前だったのにな」

座の連中はよくそう言う。あいさつ回りや付き合いで、酒ばかり飲んでいるうちにすっかり太ってしまった。今ではまるで布袋《ほてい》のようだと噂されている。

「まあ、今回の入りもいい。次も楽しみにしておくれ」

「次の演目は」

五瓶が問うと、勘弥は咳払《せきばら》いを一つする。

「祇園祭礼信仰記《ぎおんさいれいしんこうき》」

戦国時代を舞台に、足利《あしかが》家に謀反《むほん》をたくらむ松永大膳《まつながたいぜん》と、それに囚《とら》われる雪舟《せっしゅう》の孫娘、雪姫。そして雪姫を助ける此下東吉《このしたとうきち》を描く物語で、人気の演目だ。

「雪姫は、中山亀三郎、大膳は市ノ川市蔵《いちのかわいちぞう》。ま、当たることは間違いなしということで」

勘弥は上機嫌で言い、再び座は盛り上がった。

「他の座は何をかけるんです」

誰ともなく問いかけた。

「市村座は水滸伝《すいこでん》、中村座は『年々歳々沙石川《ねんねんさいさいまさごのいしかわ》』ということで、まあ、うちが勝ちだな」

全く根拠のない強気を見せて、勘弥は笑って手をパンと打った。

「ま、この調子で引き続き、曾我もがんばってくれよ」

わっと歓声が上がった。

勘弥はというと、それだけ言うと再び、挨拶回りだといって茶屋を出て行った。

金四郎は三味線の音を聞きながら、すすめられるままに酒を飲んでいた。

今日の酒はやけに美味い気がして、ついつい過ごしてしまいそうだ。

「おう、ご機嫌だな」

金四郎以上に酔っぱらった様子の国貞が、傍らに寄ってきて酒を注いだ。金四郎は笑ってその杯を呷る。国貞は、へたり込むように金四郎の隣に腰を下ろす。

「ところでお前、例の件はどうなった」

金四郎は、ぐっと喉に酒が詰まるのを覚えた。

「例の……というと、雛菊の件ですよね」

国貞は、当たり前だろうと言わんばかりに頷いた。

「手詰まりですよ」

雛菊の常連といわれた人たちは、悉《ことごと》く心中を否定した。三雲太夫が指摘した万屋吉三郎は、心中しようとしていたのかもしれないが、その日に小火騒動で出向いていない。

「刀で斬られていますからね」

金四郎は、ふと脳裏にあの日の雛菊の死に様を思い浮かべ、ぐっと身を縮めた。

「じゃあ、足抜けしたところを、通りすがりの武士に斬られたってことか」

「まあ、それでも辻褄《つじつま》は合うんでしょうけど」

金四郎は唸った。

「まあいいや、飲め」

再び酒を注がれたので、金四郎はそれを飲み干した。

しばらく飲み進めているうちに、強《した》か酔っ払い、金四郎はふらふらと立ち上がる。

座敷を出て、廊下を渡りながら、手水《ちょうず》を目指して歩いていた。あちこちの座敷から、嬌声《きょうせい》が聞こえ、笑い声が響いていた。この猥雑《わいざつ》な雰囲気が、余計に酔いを早めている。

手水を出て、しばらく行ったところ。

「ふざけるな」

という怒鳴り声が轟《とどろ》いた。

金四郎はその声に驚いて、思わずその場にへたり込む。自分のいた座敷で喧嘩でも起きたのかと思ったが、どうやら声は、中庭を挟んだ向こう側の座敷から聞こえたらしい。

「どうした、何だ」

金四郎たちの座敷からも、わらわらと人が出てきた。

するとその向かいの座敷の障子が勢いよく開き、中から男が二人転がり出してきた。

一人は細身の優男《やさおとこ》。もう一人は、大柄で骨格のいい若者だった。

「このやろう」

大柄な男は、細身の男の上に馬乗りになり、拳《こぶし》を握り締める。

「佐吉《さきち》さん、やめとくれ」

芸者が、その細身の男に覆いかぶさり、男の拳を止めている。

「どけ、鶴八《つるはち》」

「どかないよ。あたしはね、あんたよりこの人のほうが大事なんだ」

佐吉と呼ばれた、大男のほうは、血の気が上がり、真っ赤な顔をしている。一方の優男のほうはというと、一言も声を発しない。

金四郎はその様子を、相変わらず廊下で座り込んだまま見詰めていた。そこに、国貞が寄ってくる。

「おう、下手な芝居よりも面白いな」

国貞の顔は好奇心が満面に浮かんでいる。放っておいたら、この場でこの様子を描き出しそうなほどだった。

「おう、お前、野暮じゃねえか」

不意に声を上げたのは並木五瓶だ。廊下から高みの見物を決め込んでいたのだが、何やらちょっかいを出したくなったらしい。

「何だと」

顔を真っ赤にして、相変わらず怒りを露《あらわ》にする佐吉は、五瓶を睨みつける。五瓶は、それをさらりと受け流す。

「ここは深川だぜ。独り占めってわけにはいかねえ。いい女なら尚更だ。それぐらい粋《いき》になれないんだったら、いい女と遊んでいられないぜ」

佐吉は、拳を握り締めたまま、ゆっくりと立ち上がる。その拳はまだ、怒りに震えていた。

「鶴八が誰と遊ぼうが俺は構わねえよ。こいつ以外なら誰だってな」

そう言われて、鶴八に支えられながら立ち上がった優男を見たとき、金四郎は思わず身を乗り出した。

万屋吉三郎だった。

国貞もそれに気付いたらしく、なお一層、目を輝かせる。

並木五瓶は、吉三郎に視線を転じる。

「あんた、この男にここまで言われていいのかい」

吉三郎は、飄々《ひょうひょう》とした様子で、

「ええ、構いません」

と応《こた》えた。その言葉に佐吉のほうは、余計に腹が立つようで、また顔を赤くした。

そして、きっと五瓶を見据える。

「ちょうどいい、兄さん、聞いてくれ。この男はな、私が手代を務める店の若旦那なんですよ。私がこの女に通いつめていることも、とっくに前から知っていた。この男が、仕事もろくにせず、ふらふらと店の中をうろつくばかりのでくのぼうで、番頭や私以外の手代から、悉《ことごと》く厄介にされているのを、私は気にかけていた。話すネタもないからと、深川の話をして聞かせたのが仇《あだ》になったんです」

佐吉はそこまで一気に言うと、肩で大きく息をした。

「しかも、この鶴八に惚れてしまったっていうならまだ分かる。だが、その実この男は、鶴八にさほど興味もないんですよ」

その言葉に今度は、鶴八が顔色を変えた。

「何てこと言うんだい。そんなことないよね、吉三郎さん」

鶴八は、地面に座り込んでいる吉三郎の肩を抱えるように摑む。吉三郎は相変わらず、顔色一つ変えないで、そこにいる。

「ほらみろ、鶴八。この男はな、そういう男なんだ」

佐吉は、吉三郎を指差して罵《ののし》った。それでも吉三郎は、顔色を変えない。

五瓶は、ポンと廊下から庭へ降りると、佐吉の腕をそっと摑んだ。

「あんた、いい男だよ。私はそこの優男よりは、あんたと酒を飲みたい気分だ。私らと遊ぼうじゃないか」

五瓶はそう言うと、そっと佐吉の腕を引いた。そして、後ろの吉三郎と鶴八を振り返る。

「あんたたちは、そこで勝手にしてな」

五瓶は、そのまま佐吉を自分たちの座敷へと連れ込んだ。

金四郎と国貞は、しばらく吉三郎の様子を見ていた。吉三郎は相変わらず能面のような様子でしばらく座り込んでじっとしていたが、やがてゆらりと立ち上がる。

「吉三郎さん」

鶴八は縋《すが》るようにその腕をとったが、吉三郎はそれをこともなげに振り払う。

「帰る。邪魔をしたな」

鶴八に背を向けるが、鶴八は吉三郎を追いかけた。

「何だ、あいつは。まるで幽霊だな」

国貞は呆れたように呟き、金四郎も苦笑する。

「ずいぶんと、生々しい幽霊ですね」

「こう……人を描く時っていうのはな、その人の一番強い気配のところを軸に絵を描くものさ。目の強い奴は目を。肚《はら》の強い奴は肚を。そこを軸にして描けば、人の姿は伝わるものさ。だが、あいつには軸がねえ」

そこまで言うと、うん、と頷く。

「強いて言うなら、ゆらゆらゆらめく怨念《おんねん》みたいな代物だ。だから、幽霊みたいなのさ」

自分で言いながら、自分の言葉に納得したらしい国貞は、頷きながら座敷へと向かう。金四郎もまた、それに続いた。

座敷の中では、憐れな佐吉が皆に囲まれ、主賓《しゅひん》だか酒の肴だか分からぬ状況になり盛り上がっていた。

「哀れなる佐吉を慰めようじゃないか」

五瓶が音頭をとり、三味線や謡《うたい》まで入っての大騒動になっている。佐吉にとってはいい迷惑だろう。上座に座らされ、役者や裏方などなどが、次々にやってきては、佐吉に酌をする。

金四郎と国貞も、その流れに乗って、佐吉の側ににじり寄った。

「あんた、万屋の手代さんなんだ」

国貞が問いかける。

「そうだ」

「あの、吉三郎って男は、奇妙な奴だな」

国貞が言うと、佐吉は目を輝かせた。

「そうなんだよ。何なんだあいつは」

「一体、どんな奴なんだ」

国貞に導かれるまま、佐吉は口を開いた。

「そもそも、あの男は、跡継ぎになるはずじゃなかったのさ」

佐吉が言うには、吉三郎は、三男として生まれていた。しかも、万屋の現在の主である次郎八の後添えの子だという。

先妻は、長男、次男を産んだ後に、早々に亡くなっていた。

「この後添えのお兼《かね》っていう女は性悪なのさ」

「ほう……」

国貞と金四郎は身を乗り出した。

「元はこの辺りの芸者だったらしい。確かに顔は美人かもしれねえ。だが、中身がひどい」

派手好みで、何かと言っては呉服屋に出向いては着物を誂えるのはいつものこと。店のものを己のものとして、金を懐に仕舞うのは日常茶飯事だった。それを咎めた店の手代を追い出したことさえあるという。

「そこまでされて、主はどうなのさ」

金四郎が問うと、佐吉はがっくりと首を折る。

「旦那さまは、まるで骨抜きさ」

あからさまに媚《こび》を売る女将に一言も叱ることができない。ただ黙って、女将が生んだ損失を、補てんするだけだという。

「あの女のおかげで、店が潰れそうになったことも何度もある」

それでも何とか持っていたのは、若旦那だった長男が健在だったからだ。

「だから、代が替わって若旦那が継いでくれればと、皆、思っていたのに……」

佐吉はそう言って洟《はな》を啜《すす》る。

「それがどうして、吉三郎が若旦那に納まっているのさ」

国貞が問うと、佐吉はグッと拳を握りしめた。

「お兼は吉三郎が生まれるなり、次男を養子に出したのさ。それはまだいい。しかし、病勝ちだった長男の太一郎《たいちろう》さんが死んでしまって……」

そこまで言うと声を詰まらせた。佐吉は酒と、女に振られたことで涙もろくなっているのか、しきりに拳で涙を拭う。

「太一郎さんは、いい若旦那だったんだ。それなのに、風邪をこじらせて死んでしまった。まだ、二十六だったたってのに……」

国貞は、その背を黙って撫でている。金四郎は眉を寄せた。

「話が上手《うま》すぎるね……」

金四郎の呟きに、佐吉がぱっと顔を上げた。

「そうだろう。あれはね、お兼が殺したようなもんだ。あんな女と、ぼんくら若旦那の元で働きたい者がいるもんか。それでも耐えてきたたっていうのに」

佐吉は鶴八のことを思い出したのか、拳で胸を叩く。

「人を馬鹿にしやがって」

佐吉はそう言って、ぐっと唇をかみ締める。国貞は、佐吉の杯に、またもや酒を注ぐ。

「あんたはいい人だ。すぐにいい女が見つかるさ」

金四郎は、佐吉の杯にさらに酒を注ぎながら、先ほどの吉三郎の様子を思い浮かべた。

ぼんやりと、何も映していない眼差《まなざ》し。

「あんな気の抜けた男でも、女は好きになるのかねえ」

金四郎は、先ほどの鶴八といい、付け火までして吉三郎を止めようとしていたお美祢といい、いずれ劣らぬ美女たちが、あの男のために必死になるのが分からない。

「あの手の男はな、女の気をそそるんだ。でも、ああいう男は女を幸せになんかしないのさ。雰囲気に酔わせるのが上手いんだ」

国貞は、金四郎に断言する。

「そうです。あの吉三郎は、絶対に鶴八を幸せになんかできないんだ」

佐吉は吠《ほ》えるようにそう言い放ち、おいおいと泣いていた。

それを見ながら、金四郎はふと、吉三郎は自分と同じような立場にあるのだと思った。本来継ぐべき人がある家に、居場所もなくいる存在。周囲からは跡継ぎを期待され、間に立って狼狽《うろた》えている。

あの男が幽霊のように生きているわけの一つが少しだけ分かったような気がした。

第三章

一

夜の四つ、亥《い》の刻（午後十時）を過ぎると、木戸は木戸番によって閉められる。町と町はそのときから隔絶されるのが、江戸の町の決まりであった。

芝居が終わり、またしても五瓶に深川の姐《ねえ》さんのところへ連れ去られそうになり、辛くも逃げ出した金四郎が、一人で長屋へと歩き始めたのは、四つの少し前であった。辺りは暗く、人通りはほとんどない。

その道中、ガタンという派手な音がして、金四郎は思わずそちらを振り返った。すると、細い路地から一人の人影が飛び出してきた。それは、羽織姿の若い男。しばらくすると、もう一人、今度はゆっくりとした歩調で路地から姿を見せた。笠を目深《まぶか》に被った男だ。笠の男はというと、暗闇にもはっきりと分かる、大刀を抜き身で持っている。

今しも、羽織の男に斬りかかろうとしているように見えた。

「何をしている」

金四郎が声を上げると、二人はきっとこちらを見た。

笠男は人目についたことに怯《ひる》む様子も見せず、斬られそうになっている男も、動こうとしない。金四郎は、意を決して二人のほうへ駆け寄ると、羽織男の手を取って、駆け出した。笠男は、瞬時、立ち尽くしていたが、すぐにただならぬ殺気をもって追ってくる。金四郎は、羽織男を辛《かろ》うじて背に庇《かば》いながら、壁際に積まれた天水桶《てんすいおけ》を手に取って、笠男に向かって投げつける。笠男は、迷わず刀を揮って斬った。その隙《すき》に、金四郎は羽織男の腕を摑《つか》んで路地に逃げ込み、そこにある手押し車を倒す。静まり返った町に、車の倒れる音だけがこだましました。笠男は、それを乗り越えて、尚も追って来る。金四郎と羽織男は再び路地を曲がり、走っていく。ひたひたと走る笠男の足音と、羽織男の遅い足に苛立《いらだ》ちながら、木挽町の小さな路地から路地へと走りぬけた。

ようやくと、完全に笠男をまいたころには息が上がっていた。

「大丈夫ですか」

金四郎が羽織男に声をかける。ぼんやりとした月明かりの下で見ると、男は役者絵のような顔立ちで、どこかで見覚えがあった。

「あなた、万屋の吉三郎さんじゃありませんか」

金四郎の言葉に、吉三郎は目を見開いた。

「どうして侍に斬られそうになっていたんです」

金四郎が問いかけると、吉三郎は何も言わず立ち上がった。そして、金四郎を見据えたままで後ずさり、ぱっと踵《きびす》を返して走り出した。

「ちょっと」

金四郎はその後を追おうとした。しかし、先ほどの遅い逃げ足とは別人のように、身軽に走り去っていく。その背はみるみるうちに路地の闇へと消えてしまった。

その夜は全く眠ることができず、朝を迎えた。金四郎がふらふらと町へ出ると、道端の茶飯売りの屋台で飯を掻《か》き込んでいる国貞を見つけた。

「何をしているんです、国貞さん」

金四郎の問いに、国貞は茶飯を喉《のど》に詰まらせて派手に噎《む》せ込んだ。

「金四郎、突然、声をかけるなよ」

国貞は口元についた飯粒を集めて、口の中へ放り込むと、国貞は器を茶飯売りに返し、一息ついて金四郎を見上げる。

「国貞さん、仕事はないんですか」

「豊国先生が今、ご機嫌斜めだからな。近寄らないほうが身のためってもんだ」

「森田座のだけでも先に仕上げてくれるように伝えてくださいよ」

「はいはい。で、お前さんはここで何しているんだ」

金四郎は、昨晩、吉三郎に会ったこと。吉三郎が笠をかぶった浪人に狙《ねら》われていたことについて話した。そして、浪人の人相について話が及ぶと、国貞は懐から紙と矢《や》立《たて》を取り出した。

「人相、言ってみな」

金四郎は、国貞に言われるまま、笠から覗《のぞ》いていた顔を思い出しつつ、話し始める。

男の顔は、目鼻が中央に寄っているように見えた。細身に見えたが、臂力《ひりょく》は強く、筋張った腕だった。目は小さくて、奥まっていたように思う。背は、それほど高い印象ではなかった。それを聞きながら国貞はさらさらと描いていく。

「こんなもんか」

国貞に見せられた似せ絵は、まさに金四郎が昨夜見たあの男に似ていた。

「本当に絵描きだったんですねえ」

国貞は、そう言った金四郎の頭を軽くはたき、そのまま絵姿を見詰めた。

「この手の男は偏屈だ」

国貞は自信満々にそう言いきった。

「どうしてそんなことが分かるんです」

「俺がこれまで、何人描いていると思ってるんだ。見た目と性格っていうのは、あながち外れねえ。こいつは、偏屈な男に違いねえ」

国貞の人物評は、大概、勘である。しかしこの勘が、実に的を射ていることが多いのを、金四郎は知っていた。国貞は立ち上がると、着物の裾《すそ》についた埃《ほこり》を払った。

金四郎は国貞と並んで歩きながら、途中の髪結床に寄った。源八に話を聞こうと思ったからだ。源八は生憎《あいにく》の留守で、湯屋に行ったということだった。

金四郎と国貞が二人で湯屋を訪れると、番台に声をかけた。

「源八さんにちょっと用なんだが」

金四郎が言うと、「はいよ」と番台爺はただで通してくれた。湯屋の二階は、広々とした座敷になっている。客同士が語らう場となっている湯屋もまた、源八にとっては町のことを知るための絶好の場なのだろう。

金四郎と国貞が階段を上がると、源八が町人四人ほどの輪に入り、煙草《タバコ》をふかしていた。

「源八さん」

金四郎が声をかけると、源八は、おう、と返事をした。

「ちょっと聞きたいんだけど、いいかい」

源八は、話の輪からはずれ、金四郎と国貞とともに、座敷の隅に座りなおした。

「どうした」

「こんな男、見たことあるか」

金四郎が国貞の描いた似せ絵を見せる。すると、源八の表情が硬くなったのが、金四郎の目にもはっきりと分かった。

「知っているんですか」

源八は、一つ大きくため息をついた。

「瀬川兵蔵《せがわへいぞう》」

「瀬川」

源八は、ああ、と声をあげた。

「どんな男だ」

国貞が、膝《ひざ》をついと進める。

「父親が八丁堀でね」

八丁堀には、江戸の治安を取り締まる与力《よりき》と、その下の役人である同心たちの役宅があった。

「跡継ぎか」

「確か、次男坊だって話だったな。何でも、やっとうでは、この兵蔵って息子の方が強いんだが、同心にはなれず、無役になりそうだって」

跡を継ぐ家があるものはいい。しかし、家もなく、養子縁組先もない冷や飯食いともなれば、結婚することもできず、仕事もなく、兄の子である甥《おい》に頭を下げながら、老いて死ぬまで過ごすしか道はないのが、武士の決まりだった。

同心は、江戸の治安を司《つかさど》る町奉行の下の与力のさらに下にあたり、禄高はさほど高くはない。源八のような町人たちを岡引として使い、町の様子を知るとともに、事件の犯人を追うのが仕事だ。

「うちの旦那《だんな》が、知り合いのはずだから。今日は剣術指南所にいるって話だったんで、行ってみるかい」

金四郎は、国貞と顔を見合わせて深くうなずいた。

源八の旦那である同心、矢口吾一《やぐちごいち》は剣術指南所にいた。時折、道場に出向いて腕を磨いているらしい。矢口の側《そば》では、碁を打っている御家人連中がいた。金四郎たちが見ている目の前で、矢口は一本を決めると、一礼をして面をとる。年のころは三十ほど。大柄で骨太な印象のある男だ。愛想のよい丸い目で、源八を見つけて笑顔で近づいてきた。

「どうした源八」

「旦那、ちょいと、話を聞かせてくださせい」

源八が言うと、問いたげに金四郎たちを見た。

「金四郎と申します」

「歌川国貞です」

　すると、源八は軽く目を見開いた。

「あんたが国貞かい。俺はあんたの描いた絵をいくつか持ってるよ。化粧姿の女が色っぽい」

「ありがとうございます」

「それで、その絵描きさんたちが、何の用だい」

　国貞は、先ほどの絵を懐から取り出して、矢口に示した。

「これは、兵蔵じゃないか」

　矢口もまた、その似せ絵の男を瀬川兵蔵だと言った。

　そのとき、道場の入り口辺りがざわめいた。すると矢口は、小さな声で言う。

「あれが瀬川信一郎《しんいちろう》。この絵の御仁《ごじん》の父上だ」

　瀬川は矢口よりもやや小さく筋張った印象で、あごの尖《とが》った色白の男だ。居並ぶ男たちを睨《にら》むと、周囲のものたちは忌み嫌うように背を向ける。そして瀬川は真《ま》っ直《す》ぐに矢口のもとへ歩いてきた。

「瀬川殿」

　矢口は愛想のよい笑顔を返す。だが瀬川は、ああ、と挨拶《あいさつ》を返して金四郎たちを見た。

「町人が道場に何の用だ」

その声は、地響きのように低い声音《こわね》だった。蔑《さげす》むような視線で金四郎たちを見下ろす。

「私の客人だよ」

矢口は、金四郎たちを守るように瀬川の前に立った。

「道場は武士が剣の技を磨く場所。武士でもないものが立ち入るのはいかがかな」

瀬川はそう言い放ち、くるりと背を向けて、道場の中ほどで素振りを始める。矢口は、金四郎たちを道場の外へと導いた。

「すまないな。あの瀬川信一郎という男は、人は武士って口でな。武士以外とは口もきかんのさ」

「堅物なんですね」

金四郎が言うと、矢口は、ふん、と鼻を鳴らした。

「本当に堅物で生真面目《きまじめ》だっていうなら、ああいう態度でも人望は厚いものかもしれないな」

矢口は苦い顔をした。

「やつは、代々、同心でね。商家と懇ろにして、たんまり賄賂をもらっているのさ。

抜け荷を見逃すなんていうのは、めずらしくもねえ。店のものの不始末をもみ消して、いざ不正が露見した際には身代わりの下手人まで用意したって、もっぱらの噂だ。その代わり、商店からかなりの金をせしめていて、どこかの大店《おおだな》の別宅には瀬川の息子が住み着いているって」

その上、同心を継ぐ以前には街中《まちなか》で刀にぶつかった町人を、往来で斬り捨てたことがあるという。そのときも、町人が武士の魂に無礼を働いたのが悪いからだと一歩も譲らず、結局、御免となった。

「まあ、同心連中の中でも、あまり芳《かんば》しい噂のある男じゃないな」

矢口は、十手《じって》持ちとは思えないほど柔和で穏やかな風情の男だ。その矢口がここまで批判するということは、瀬川信一郎という男が、どれほどに毒気のある男なのかをうかがい知ることができた。

「兵蔵はどんな男です」

矢口は、ああ、と、返事をした。

「この道場にも出入りしている。父親同様、無愛想で居丈高《いたけだか》な風情の男だ。ただ、父親の賄賂の話をいたく嫌っていて、商人からもらったという別宅には足を踏み入れず、質素な暮らしを好んでいると聞いている」

「そうなんですか」

「まあ、偏屈な男だというのが、俺の印象だ」

そこまで話したところで、背後から矢口を呼ぶ声が聞こえた。はいはい、と返事を返した矢口は、じゃあ、と言って片手を挙げる。金四郎たちも、頭を下げた。

「瀬川信一郎、気の悪い男だったな」

金四郎は、さきほどの瀬川の自分を蔑むような視線が頭から離れなかった。しかし国貞は、ははは、と笑い飛ばした。

「武士ってのはああいうもんさ。俺たちにしてみりゃ、めずらしくもねえ」

金四郎はその言葉に反論したいと思った。だが、さきほどの瀬川信一郎のさまは、明らかに武士を至上のものとみなし、それ以外を差別する毒があった。

「あれを不快に感じるのは、お前さんが町人としての暮らしに慣れてないからさ。俺らは慣れっこだよ」

「いっそ、あの道場でし合ってみたらいい」

源八は、金四郎を覗き込むように見る。

「無理無理。さっきの瀬川信一郎を見ただろう。町人には入るなってことだよ」

「だから、武士としてさ」

源八はそう言うと、金四郎の背をポンと叩《たた》いた。

「ま、会ってみたらどうだ」

金四郎は、苦笑した。

二

久方ぶりに愛宕《あたご》に足を踏み入れると、木挽町とは打って変わって、静けさに包まれていた。金四郎は、旗本屋敷然とした実家の大きな門構えを見上げる。

今朝早く、源八の髪結床へ出向き、町人髷《まげ》ではなく、武士のそれに結い直してもらった。着物も着流しではあるが、日頃の絣《かすり》ではなく、絹に変えた。うっかり誰かに見とがめられても、遠山の家の者が恥をかかぬようにと心配りをしたつもりではある。だが、そんなことをしてもまだ、どこかここでは浮いているような居心地の悪さがあった。

ここまで来ても少しの迷いがあった。やはりやめようと元来た道を戻りかけたとき、背後から声がした。

「若」

中間《ちゅうげん》が一人、金四郎に向かって駆けてくる。

「おう」

金四郎が軽く片手を挙げると、中間は、上から下までなめるように見回した。

「しかし、何とも見事に変わり果てましたね」

幼いころから自分を知る中間の言葉に、金四郎は苦笑した。そして、中間を手招くと、声を潜めた。

「頼まれてくれないか」

中間は眉根《まゆね》を寄せた。

「大小の刀と、剣道の道具一式を持ってきてくれないか」

金四郎の言葉に、中間は驚いた顔をした。

「若、二本差さずに家を出られたんですか」

金四郎は、まあな、と返事をした。

大刀と小刀の二本を腰に佩《は》くのは武士ならでは。それだけに、刀を置けば武士を捨てたも同然と言われている。尤も町中で刀を使う機会など、そうそうあるものではない。昨今では刀を質に入れて、代わりに竹光を佩いている武士が多いのも事実。

金四郎は町に住むとき、刀を持っていくことをやめた。長屋に置いておくのも物騒だし、刀を佩いて歩けば町では暮らしづらいと感じたからだった。

中間は金四郎に向かって、聞こえよがしなため息をついた。

「それがどうして急にいることになったんですか」

「いろいろあるんだよ」

金四郎はそう言うと、懐からわずかな銀を出し、中間に握らせた。

「くれぐれも母上に見つかってくれるなよ。そこの稲荷で待っているから」

金四郎の言葉に、中間は、はいはいと返事をして屋敷の中へ入っていった。

金四郎は屋敷から程近い稲荷に向かう。朱塗りの鳥居が並ぶ向こうに、小さな社《やしろ》があった。そこに手を合わせてから、しばらくぼんやりと置石に寄りかかっていると、駆けてくる足音が聞こえた。

「ありがとう」

そう言いながら振り返ると、そこには中間ではなく、長身の人影が立っていた。金四郎は声を呑《の》む。

「景善さま」

金四郎は差し出された刀を手にしながら、その男を見た。今年、三十五になる遠山景善が立っていた。

景善は、金四郎の父、景晋が養子に入った遠山景好の実子にあたる。

「景善さまなんて呼ぶな」

景善は苦笑とともにそう言う。

幼いころより金四郎は、景善のことを兄と呼んでいた。だが、形式上は、金四郎は景善の息子ということになる。とはいえ、父と呼ぶには憚《はばか》られ、景善さまという他人行儀な呼び方になってしまう。

「兄上……母上は、息災ですか」

「八重《やえ》さまはお元気だよ」

景晋はお役で対馬に渡り、この旗本屋敷には、金四郎の母、八重と、景善が住んでいるだけだった。

「父上はまた、遠国にいらっしゃいましたか」

「ああ、そなたにも会いにいらしたであろう」

「はい」

景善はしみじみと金四郎を眺めやり、やがて嘆息する。

「ほんの少し見ぬ間に、随分とたくましくなったな」

「いえ、それほどでは……」

金四郎は恐縮して頭を下げながら、刀を抱えた。

「いや、ほんとうに。雄々しくなったようだ」

暫《しばら》くの沈黙が続く。

幼い頃は自分と景善がどういう間柄にあるのか、よく分かっていなかった。だからこそ屈託なく兄と呼び、慕うことができた。また景善もそれに応えてくれた。景善はとかく、茶の湯や能など、文化芸術に造詣が深く、それを教えてもらったこともある。

穏やかな人なのだ。

金四郎はその景善の顔をしばし見つめ、そのまま頭を下げた。

「では、失礼を」

その場を去ろうとすると、景善にぐっと腕を摑《つか》まれた。

「何も町に住まうことはない。屋敷に帰ってこないか」

金四郎は思わず立ち止まり、景善を見つめた。景善は腕を離して、ため息をつく。

「八重さまとて、そなたが町に住まうことを喜んでおられるはずがない。父上とてそうであろう。それはそなたも重々承知のはず」

金四郎はグッと唇を嚙《か》みしめて俯《うつむ》いた。その視線の先に景善の手が見えた。その手が固く拳を握りしめていることに気付き、再び顔を上げると景善は真《ま》っ直《す》ぐに金四郎を見つめた。

「そなたは、私に遠慮をしているのか」

金四郎は半ば図星を指されて言葉を失う。

自分がいることで、景善に居《い》た堪《たま》れない思いをさせている。そう思えばこそ、苦しくもあり、ここから逃げたいとも思った。しかし逃げたことによってまた、父や母を悲しませ、何より優しい景善をさらに追い詰めることになっているのかもしれない。

「もしそうならば、やめなさい。居心地が悪いというのなら、私が……」

「いえ」

金四郎は顔を上げてその先の言葉を制した。景善が出て行くなどということは、あってはならない。

「いえ、違うのです。兄上のせいではないのです。ただ私が、町へ行きたいと思ったのです」

金四郎は肩で息をしながら、更に言葉を継いだ。

「先だって、父上にも申し上げたのです。私は世間知らずで、市井のことを何も知らない。こうして町に暮らすことで見聞を広めたいのです」

金四郎の言葉を聞いて、景善は静かに微笑《ほほえ》んだ。

「そうか……それならばいいのだ」

半ば割り切れぬ様子ではあったが、静かに頷《うなず》いて見せる。そして再び金四郎を見た。

金四郎は視線の先で戸惑いながらも、刀を腰に佩く。久しぶりの刀の重さは、ぐっと体が傾《かし》ぐように感じられた。

「二本を取りに来てくれて良かった。武士であることを捨てたわけではないようだね」

「無論です」

景善は金四郎に歩み寄り、その肩を叩いた。

「つい先日までは、頭を撫でていたのにな」

言われてみれば、つい先日までは景善を見上げていたように思うが、今ではほぼ同じくらいの背丈になっていた。

景善はふと寂しげな表情を見せた。

「もし私もそなたのように、若い時分にどこかへ飛び出す勇気があれば、今、何かが変わっていたのかな」

景善の言葉に、金四郎は言葉を返すことができなかった。景善は、それを、冗談めかして言っていたが、その中には、幾らかの本音もあったろうと思った。

若く、活力のある景善が、仕事もなく部屋住みで過ごしているのは、さぞかし辛《つら》いことだろうと思う。父、景晋は、お上からの信頼も厚く、かなりな重職にあり、易々《やすやす》と辞めることなどできない。それだけに、今の景善には、継ぐものが何もないのだ。

「では、またな」

景善は、そのままくるりと金四郎に背を向けた。

「兄上」

金四郎の声に、景善は振り返る。

「今度、兄上も芝居を見にいらしてください」

すると景善は、ははは、と大声で笑った。

「芝居よりもそなたの住まいを見たいものだ。過日、我が家にいらしたお恵さまが、大層、楽しい住まいであったと話していらした」

金四郎は顔をしかめた。恵が金四郎のわび住まいを、遠山の家にまで話すとは思っていなかった。恵にとっては、全てが新鮮で、さぞ楽しかったのだろう。

「いずれ、うかがおう」

景善は、ゆっくりと屋敷の方へと歩いて行った。金四郎は黙ってその後ろ姿に頭を下げた。景善の姿が見えなくなると、金四郎は帰途につく。腰に刀を佩いただけで、何やら背筋が伸びるような心地がした。それは、長年にわたり武士の子として育てられてきたということなのだろう。

町に入ると余計にそのことを感じる。町ゆく人が刀を見るだけで静かに目を逸らし、頭を下げて通り過ぎて行く。その風景は、ほんの少し前まで歩いていた町の風景とは違う。誰も自分に物を売りつけに来ないし、声をかけもしない。何やら殺風景な町に思われた。

足早に八丁堀へと向かい、道場の戸を開くと、一斉に視線がこちらに向いた。先日、金四郎が訪ねた時とはまるで態度が違った。瀬川信一郎も居合わせたが、あの侮蔑《ぶべつ》するような視線はそこにはなかった。

「先日は、どうもお邪魔をいたしました」

金四郎がそう言って頭を下げると、瀬川は、首を傾《かし》げた。

「お会いしましたか」

どうやら瀬川の目には、武士でない人間はあまり覚えがないらしかった。

「いえ、お見かけしたことがある程度です。本日は、噂を耳にいたしまして」

「噂」

「瀬川さまのご子息、兵蔵さまが、かなりの達人だと聞いたので、ぜひ、お手合わせ願いたく」

すると、瀬川信一郎は相好《そうごう》を崩し、金四郎を手招いた。

「兵蔵はまもなく参ろう。支度をして待たれよ」

金四郎は袴《はかま》を穿《は》き、面を被る。ほどなくして、道場に人が入ってきた。

面越しにその人物に目をやる。父親に似て細面で色白。どちらかというと、線が細い容貌《ようぼう》だというのに、身から放たれる雰囲気は、どこか緊張感があった。

「兵蔵、お前とし合いたいそうだ」

瀬川兵蔵は、真っ直ぐにこちらを見た。その目は冷静で動じる様子を微塵《みじん》も見せない。その風情があの夜、吉三郎を襲った相手であることを確信させた。

「名は何と」

「遠山金四郎です」

気迫に押されて、本当の名を口にした。兵蔵は軽くうなずくと、自分も面を被った。

正面から向き合うと、師範の、はじめ、という声が聞こえた。

兵蔵の動きは、まさに流れるようであった。竹がしなるように腕を翻し、踏み込んだこととさえ感じさせないような速さで、金四郎に向かってくる。危うく胴をとられそうになって、金四郎は身をかわした。兵蔵はすぐに体勢を立て直す。

金四郎もまた体を立て直し、兵蔵との間合いを読み込む。

過日、雛菊の元許婚《いいなずけ》である山川とし合ったときとは、技量も緊張感も比べ物にならない。

兵蔵は、再びすっと動くと、金四郎に向かって竹刀を突き出す。金四郎もまた、手首を返してそれを受けた。何合か激しく打ち合ううちに、一瞬、兵蔵の気配が変わった。竹刀を合わせたまま、面の中の視線が交わった途端、兵蔵から強い殺気を感じた。

金四郎はその瞬間に怯《ひる》んでしまった。

「一本」

信一郎の声が響くまで、金四郎は、自分が胴をとられたことに気付かなかった。

「ありがとうございました」

金四郎は深く頭を垂れる。兵蔵は面をとる。まるで能面のように表情のない顔で、金四郎に目をやる。

「面をとられよ」

兵蔵の言葉に、金四郎も面をとる。そして、素顔のまま兵蔵と向き合って座った。

「逃げるときは、お強いのに」

兵蔵は静かにそう言った。金四郎は目を見開いた。

過日、あの一瞬、見合っただけの相手のことを、覚えているはずがないと思いもした。だが、金四郎がこれほどはっきりと覚えているのだから、相手がこちらを覚えているのも無理はない。

「何のことやら」

金四郎はとぼけようとしたが、兵蔵はそれを許さない空気をかもし出していた。

兵蔵は頭に巻いていた手ぬぐいをとると、丁寧に畳み始めた。兵蔵の声は、細く小さく、周囲の人には、囁《ささや》くほどにしか響いていない。金四郎もまた、声を潜めて兵蔵ににじり寄る。

「あなたはあの晩、木挽町で何をしていたんですか」

金四郎の言葉に、兵蔵は静かに真っ直ぐ金四郎を見た。

「丸腰の町人を斬るなど、武士として恥でございましょう」

金四郎がそう言うと、兵蔵の目がぎらぎらとした獣のような光を放った。が、すぐにそれは鎮まり、静かな怒りだけが感じられた。

「それがしは、頼まれた仕事をしようとしただけのこと」

「仕事とは何だ」

金四郎はやや声を荒らげた。道場にいた人間は、一瞬、二人のほうを見たが、厄介ごとを避けようと、ついと目を逸らした。兵蔵は、問いには答えずにすっと立ち上がった。金四郎はそれを追った。

「待ってくだされ」

兵蔵はゆっくりと振り返る。その視線にはやはり感情の欠片《かけら》が見つからない。

「瀬川殿は、雛菊という吉原の遊女を知らないか」

兵蔵は、その名に眉を寄せた。

「知らぬ名だ」

冷静すぎるその言葉には、何の戸惑いも感じられなかった。

三

小石川の辺りでは、すっかり春めいてきて、桜の蕾《つぼみ》が膨らみ始めていた。

南畝から遷喬楼《せんきょうろう》に呼びだされた金四郎は、真っ直ぐ奥へと通された。奥の間では南畝が一人、硯《すずり》に向かっていた。

南畝は、一流の文人として江戸では変わらず人気が高い。役人としては支配勘定に過ぎないが、南畝の書を求める人は引きも切らず、南畝一人の手には負えないほどの依頼があるのだという。中には、弟子の亀屋文宝《かめやぶんぽう》に代筆させたものもあり、その真贋《しんがん》を見分けるのが、一時は流行《はや》りになったほどだ。

こうして硯に墨をすっている姿は、先日の吉原での酔態とはまるで違い、さすがに文化人としての風情があった。

南畝はふとその手を止めて、金四郎を見上げた。

「相変わらず汚ねえ格好だよ」

「開口一番、それですか」

「で、どんな塩梅《あんばい》だ」

「いろいろ、分かったような分からないような次第でして」

金四郎は南畝の前に座り込む。

三雲太夫が気になるという万屋吉三郎は、あの雛菊が斬られた日には、小火《ぼや》騒動で吉原に出かけていない。しかし、吉原に出かける予定はあったようだ。

その万屋吉三郎は、先日、笠をかぶった浪人風の瀬川兵蔵に斬られかけていたので、助けたというのに礼も言わずに逃げてしまった。

かく言う瀬川兵蔵は、あの吉三郎を斬ることを、仕事なのだと言っていた。そして、雛菊のことは知らないのだという。

「一体、何がなんだか。どうして三雲太夫は、万屋吉三郎が気になったんでしょう」

南畝は、墨をする手を止めた。

「それは、俺も気になってな。三雲に聞いてみた」

三雲太夫が言うには、特に雛菊があの吉三郎に惚《ほ》れていたということはないし、吉三郎が雛菊に惚れていたということもないのだという。

「ただ、二人はよく似ているように思えたと」

金四郎は、眉根を寄せた。

「似ていますかね」

「お前は会ったのか、万屋吉三郎に」

「まあ、何度か会ったというか、行き合っていますけれど、きちんと話したことはありませんねえ」

「会ってこいよ。それで直《じか》に話してみろよ」

「無理ですよ。大店の若旦那相手に、いきなり女郎の心中相手はあなたですかって聞くんですか」

すると南畝はすぐさま女中を呼んで、なにやら言《こと》づける。しばらくすると、着物一式が運ばれてきた。

「これに着替えておけ」

裏地にまでこった逸品である。金四郎が着物を眺めて首を傾げると、南畝はその金四郎の額をペンと叩いた。金四郎は、言われるままに着替え、身なりを整えた。さも、粋人の仲間入りでもしたかのような形《なり》になっている。印籠《いんろう》には、小さく細かい彫りがほどこされた、竜の根付《ねつけ》がついており、さながら別人になりすましたかのような気がした。

金四郎が座敷へ行くと、南畝はそれをしみじみと眺めて、うん、とうなずいた。

「見られるじゃねえか」

「恐れ入ります」

「お前は今日、今から俺の弟子だ」

「は？」

「いいな。お前には、この掛け軸を届けてもらいたい」

「掛け軸ですか」

南畝は一幅の掛け軸を金四郎に手渡した。

「先日、そういえば万屋から若旦那が来てな、書をお願いしますと頼んできたのを思い出したのさ」

南畝は、手が空いたときに気に入ったものしか書をしたためない。そのためさらに希少価値となり、評判は高まるばかり。だめで元々、ためしに願い出るという人も少なくない。

金四郎は、ついと南畝に膝を進める。

「先生、それで何と書いたのですか」

すると、南畝は、ふふん、と得意げに笑う。

「俺の自信作よ」

そう言って、その場にあった反故紙を広げて見せた。

「世の中は金と女がかたきなり　どふぞかたきにめぐりあいたい」

金四郎が声に出して読む間に、南畝はその場にごろんと横になる。金四郎は苦笑した。

「万屋から苦情が来るやもしれませんね」

「読めればな。今じゃ、俺の書ってだけで有り難がる阿呆《あほう》もいるらしいから、こんな歌でも飾ってくれるだろうよ。第一、あの若旦那にはぴったりじゃねえか」

「若旦那というと、吉三郎に会ったんですか」

「ああ、手前だけが不幸みたいな顔しやがって、辛気臭《しんきくせ》え。そこにのっぺりしたすまし顔して座ってやがった」

南畝は、金四郎が座っている場所を指差して、顔をしかめた。

「あの男は手前のことしか見えちゃいねえ。万屋の跡取りで金に不自由なく、小町娘の許婚《いいなずけ》がいて、きれいな女郎に心中を持ちかけられる。金も女も不自由しねえのに、不幸な顔しやがって」

「金も女も不自由しないのは、先生だって同じでしょう。こうして立派な屋敷もあるし、お妾さんも何人でしたっけ？」

南畝は、まあなあ、と返事をした。南畝は、若い時分、吉原から女を落籍して妾にしたこともある。今も、贔屓《ひいき》の女は吉原の三雲だけではなく、深川にも何人かいるらしい。

「俺は幸せ者だよ。あいつもさ、自分がそういう羨《うらや》まれる立場だということを知るといい」

そこまで言ってから南畝は、一つ息をついた。

「お前もな」

南畝は、そう言って、金四郎を真っ直ぐに見据えた。

「順序こそ狂え、いずれは旗本の家を継ぐことが約束されている。許婚までいる。将来に不安があるわけでもない」

「有り難いと思ってますよ」

金四郎は、思わず、語気を強めた。

「お前がもし、先日、景晋さまに言ったように、見聞を広めるために町方にいるっていうんだったら、文句はないよ。なら、もっと迷わずに楽しめよ」

「楽しんでいるじゃないですか」

南畝はふっと笑って見せる。

「お前さんのは、楽しんでいるんじゃなくて、逃げているように見えることがある」

金四郎は言葉を反駁《はんばく》しようとして声を呑む。

先日、愛宕《あたご》で景善に会った時も、咄嗟《とっさ》に絶句した。その時と同じような心地だった。

「本当に楽しんでいるのなら、きっかけが何だって構わないさ。お前はいずれ旗本に戻る。でも、それまでは覚悟を決めて楽しみやがれ」

「楽しむのに覚悟がいるんですか」

南畝は眉根を寄せて頭を掻く。

「俺はね、武士が渋い顔して武士をやってるのが嫌いなんだよ。いつでも死ぬ覚悟がございって顔は見たくもねえ。あれは粋じゃねえ。生きるってことはな、覚悟がいるんだ。死ぬ覚悟も結構だが、しっかり生きてから言うんだな。死ぬだけならな、武士じゃなくてもできるのさ」

そして、南畝は、金四郎の手元の掛け軸をじっと見詰めた。

「あの吉三郎って男は、死にたいんだろうよ。全部が恨めしいっていう顔してやがった」

　金四郎は、南畝の視線の先にある掛け軸に目をやった。あの男は、この書の意味が読めたとしても、笑いもせずに表情を消し、何事もなかったように飾るのだろうかと、思った。

四

　南畝から渡された掛け軸を抱え、金四郎は日本橋を渡った。万屋のある室町へ向かおうとしたときに、日本橋の袂《たもと》で吉三郎を見かけた。吉三郎は、ぼんやりとそこに立っていた。

「吉三郎さん」

　金四郎が声をかけると、吉三郎は、ハッと目が覚めたように振り返り、逃げ出そうとした。金四郎は慌てて、

「大田南畝の使いで参りました」

　と、声を張り上げた。吉三郎は、その声を聞いて足を止めた。

「南畝先生の」

「万屋さんに、掛け軸を届けるように言われまして」

「ああ、そうでしたか」

吉三郎は過日の木挽町でのことを覚えているのか、金四郎の前で落ち着かない様子を見せた。金四郎は、先ほどまで吉三郎が見ていた視線の先を辿《たど》った。

「ここで、何をごらんになっていたので」

そこは、過日、心中しそこなった二人が晒《さら》されていた場所であった。

「先日、ここで晒されていた二人、その後、どうなったかご存知ですか」

「ええ、噂には」

金四郎が聞いた話では、男のほうは、小道具問屋の手代だという。女のほうは、その店の隣の算盤《そろばん》問屋の女中。女のほうが店主に見つかり、里へ帰されそうになり、二人は、思い余って川へ飛び込んだという次第だと聞いた。町人としての身分を奪われ、江戸の町にはもういないという。

「では、その後の二軒の話は聞きましたか」

吉三郎の問いに、金四郎はいいえ、と答えた。

「もう、ないそうですよ」

三日間、晒されているうちに、その身元は瞬《また》く間に知れ渡る。算盤問屋は、管理不行き届きの店だから信用が置けないと風評が立ち、売れ高はがた落ちだった。また、小道具問屋では、この手代がいずれは店主の娘婿《むすめむこ》になると言われていただけに、店主も激しく落ち込み、娘も気鬱《きうつ》を患う羽目に陥った。もともと、伊勢の出であったとかで、国元から別の店主が来ることになり、今の店主一家は、伊勢へ帰ることになったという。それまでのしばしの間、店を閉めることになったという。

「それは存じませんでした」

金四郎が言うと、吉三郎は、口の端に皮肉な笑みを浮かべた。

「手代と女中でさえ、この有様です。若旦那が心中なんぞをしようものなら、さぞかし大変なことになったでしょうね」

吉三郎は、歌うような口調でそう言った。金四郎は、微《かす》かにゆがむ吉三郎の横顔を見つめた。

「あなた、万屋を潰《つぶ》したいんですか」

金四郎の言葉に、吉三郎は、図星を指されたような顔をした。金四郎は思わず手にしていた掛け軸を、ぐっと強く抱える。

「雛菊という女郎を知っていますか」

金四郎の問いに、吉三郎は目を見開いたが、すぐさま視線を落として、微笑《ほほえ》みすら浮かべた。

「ええ。知っています。一度だけ、会ったことがあります」

「一度だけですか」

「はい。一度だけですよ」

吉三郎の声には揺るぎがなかった。そして、金四郎を見て言った。

「立ち話もなんでございます。万屋までおいでください」

金四郎は吉三郎に導かれるまま、日本橋の大通りを歩いていく。

酒の立ち売りが出ていて、往来には酔客があった。その酔っ払いが金四郎たちに絡んだが、吉三郎はまるで目に入っていないかのように、するりとそれを抜けていく。

荷を運ぶ牛がぎしぎしと音を立てながら歩いていくが、それすらも吉三郎は交わして、真っ直ぐに進んだ。

万屋に入ると、暖簾《のれん》を潜った途端、店の空気が変わる。

「お帰りなさいませ、若旦那」

手代と番頭の声が、どこかよそよそしく、冷たく感じられる。

「大田南畝先生のお弟子さんだ。掛け軸を届けてくださった。お茶を出してくれ」

吉三郎は女中に言うと、女中は、はい、と答えた。

大店だけあり、奥の間からは庭が望めた。静かな部屋の中で、金四郎は改めて、吉三郎と向き合うことになった。

「こちらを」

金四郎は忘れかけていた掛け軸を、吉三郎に差し出した。吉三郎はそれを受け取ると、するりと開いてみた。

「ほう……どういう意味でしょう」

金四郎は、その吉三郎の問いに、しばし答えを迷った。

「先生は、吉三郎さんに、読み解いていただきたいと」

吉三郎はしばらく黙ってその書と向き合っていた。そして、ふっと皮肉めいて笑った。

「金と女がかたきですか」

「先生が、あなたにと……」

金四郎は吉三郎を窺《うかが》うように見た。吉三郎はそれを丸めると、桐箱《きりばこ》にしまった。

「父には、私が先生を怒らせたようだとでも申しておきましょう。もっとも父のことです。南畝先生の名前があれば、有り難く飾るでしょうが」

そのとき、女中が茶を持って入ってきた。二人の前に茶が置かれ、しばしの沈黙が流れた。

「そう、雛菊のことでしたか」

吉三郎は思い出したように切り出した。金四郎は思わず姿勢を正し、真っ直ぐに吉三郎を見据えた。

「初めて会ったのは、昨年の末のことです。父が、店の者たちを労《ねぎら》うのだと言って、吉原へ行きました」

吉三郎は淡々と、さながら他人のことでも話すように話し始めた。

その日、父の次郎八に連れられて吉原に出かけた。父が贔屓にしているので、稲本屋の女郎を茶屋に呼び、その中にいたのが雛菊だった。

「あの女とは初会《しょかい》ですから、本来でしたら、ほとんど口も利かないのが筋なのでしょう。でも、その日は父が設けた宴席でしたから、そこまで格式ばったものでもありませんでした」

芸者たちが三味線を鳴らし、次郎八が贔屓の花魁《おいらん》と酒を飲む片隅で、吉三郎は雛菊と並んで座っていた。小半時ほど話をしていると、雛菊はそっと吉三郎の手を取り、床へと誘った。

「本来ならば、初会で床入りなぞご法度なのでしょう。もっとも、あの吉原の法度など、あってなきがごとし……でしょうが」

吉三郎は苦笑交じりにそう言った。

そして床入りの最中、雛菊は吉三郎の目を真っ直ぐに見て言ったのだ。

「一緒に死んでおくれなんし」

よくある女郎の口説き文句かと思ったが、雛菊の顔からは、必死の思いが窺えた。

「別に、あの女は私に惚れて心中したいと言っているわけではないことは、分かりました」

「なぜです」

「伊達《だて》に遊んでいませんからね。女の嘘《うそ》は知っています」

吉三郎は、何かに酔っているかのように言葉を続けた。

「死ぬのもいいと、思ったんです。だから、死んでやろうと、言いました」

雛菊はその言葉に、不意に涙を流した。

これまで雛菊がその台詞《せりふ》を言うと、大抵の男は笑ってそれをやり過ごそうとしたという。時には、そこまで思ってくれて嬉《うれ》しいと言う客や、恐ろしいことを言ってくれるなと言って、青ざめる客もいた。

「主《ぬし》さんには、お分かりか」

雛菊はか細い声で静かに話していた。

かつては武士の娘であったこと。父が死に、家が絶えたこと。品川の親族に引き取られ、挙句に吉原へ売られてきたこと。唯一つの心の支えであった許婚が嫁を取ったこと。雛菊の目からは、涙が静かに流れていた。

「あの涙は、嘘ではないと思いました」

吉三郎の言葉に、金四郎はあの日、田んぼの中で天を仰いで倒れていた、雛菊の目じりにあった涙の筋を思い出した。

「あの女は、恨んでいたのです」

「許婚を?」

「いいえ。この世間を」

吉三郎は、その時の雛菊を思い出しているのか、どこか恍惚《こうこつ》としたような表情で、静かに言った。

「目にもの見せてくれるのだと、言ったのですよ、あの女は。そのためには、一人で死んではいけない。それこそ、芝居になるような、派手な心中でなければならないと、あの女は言ったのです」

曾根崎心中のような。心中天網島《しんじゅうてんのあみじま》のような。語り継がれ、芝居になり、恋の手本となるような、そういう心中をしてやろう。そうすれば、それは自分をここまで追い詰めた、誰かの耳にも届くだろう。恨みの念が聞こえるはずだと、雛菊は呪《のろ》うように言っていた。

「それで、あなたはどうしたんです」

金四郎が問いかけると、吉三郎はふわりと柔らかく笑った。

「付き合ってやってもいいと、そう答えました」

金四郎は目を見開いた。吉三郎は事も無げに言葉を継いだ。

「私はもとより生きている意味が分からない。生きていないほうがいい。それならば、この女の望みの一つも叶《かな》えてやってもいいと思ったんです」

「本気ですか」

「ええ……何の未練もなかったものですから」

雛菊は、声を上げて泣いたという。

「それなのに、その約束の日に火事が起きたんです」

吉三郎は口惜しそうに顔を歪める。

亥《い》の刻までに吉原に行かなければと忙《せわ》しく支度をしていた矢先、店の裏手で火事が出た。それで大騒ぎになり、主である父に言われて、後片付けに追われているうちに亥の刻は過ぎ、木戸が閉められてしまった。その後、火消しの面々に接待をするという父の意向で、子《ね》の刻まで火消しと酒盛りをする羽目になった。

「結果、雛菊は一人で死ぬことになった、と」

金四郎が言うと、そうですね、と吉三郎は言った。

「どうしてあなたが行かないのに、雛菊は一人で死んでいたんですか」

吉三郎はその言葉に、静かに笑った。金四郎はその態度に苛立《いらだ》った。

「何がおかしいんですか」

「いえ、確かにおっしゃる通りだ」

吉三郎は軽く首を傾げて見せた。

「雛菊は、よほど私を信じられなかったのでしょうね。きちんと手はずは整えてあると言っていましたから」

「手はずですか」

ええ、と吉三郎は応《こた》えてから、自嘲《じちょう》するように笑みを漏らした。

「おかげで安堵《あんど》しているのです」

「何故《なぜ》」

「私はどの道、死ぬからですよ」

吉三郎はまるで悟ったかのような笑みを見せる。吉三郎は、それ以上の話を続けるつもりがないのか、忙しなく立ち上がった。

「今日は、わざわざありがとうございました。お引き取りください」

吉三郎は静かに言うと、そのまま、廊下に向かって声を上げた。

「お客様がお帰りだ」

金四郎は、その声に急《せ》かされて、立ち上がった。

五

目の前にかかる掛け軸を見ながら、吉三郎は一人、端坐していた。

「世の中は金と女がかたきなり」

大田南畝という稀代《きだい》の書家が書いた皮肉に満ちたその一幅を、吉三郎はふと笑う。

「確かに」

世間で己がどう呼ばれているか、吉三郎は十分に知っていた。

降ってわいた跡継ぎ。っころばしのぼんくら若旦那。女たらし。それらは確かにその通りで、いちいち否定して歩くことも面倒になり、どうでもいいことの一つになっていた。

「若旦那」

縁側から声がかかり、吉三郎は立ち上がる。そこには小僧が立っていた。

「番頭さんと旦那さまが、仕入のことでお話しするとのことで」

小僧は窺《うかが》うように吉三郎を見た。吉三郎は暫く黙り、首を横に振る。

「いつものことだが、好きに決めてくれ」

小僧は、へえ、と言って表の店へと戻っていく。店のことを決める時、父は吉三郎を呼ぶ。跡継ぎとして教えたいことがあるからだと知っている。だが、吉三郎はこれまで一度としてその話し合いに顔を出したことはない。そうすることで、一層、番頭や手代との距離は生まれ、居場所は次第に狭くなる。

「いい加減になさいよ、頼りないね」

女将である母は、吉三郎にそう檄《げき》を飛ばす。その顔を見ると、沸々と抑えていた怒りが湧きあがるので、吉三郎は母とは顔を合わせないようにしている。

そもそもは、母、お兼が何もかも悪いのだ。

お兼は後添えであったが、先妻には二人の子がいた。吉三郎が生まれるなり、お兼は次男を養子に出してしまい、長男は跡継ぎとして残っていた。

吉三郎よりも十歳年上の長男、太一郎は、吉三郎を幼い頃から可愛がった。父も母も店の仕事で忙しい時には、読み書き算盤を教えてくれたのは太一郎だった。

「いつか、きっちゃんと店をやろうな」

吉三郎は、いつの日か太一郎が店主となり、吉三郎がそれを支える万屋の未来を思い描いていたのだ。

だが、太一郎は生来、体が弱く、ことあるごとに熱を出していた。吉三郎はそんな兄を案じていた。

十三になった吉三郎も店に出るようになると、兄の支えになろうと意気込んだ。しかし女将として幅を利かせるようになっていた母、お兼が、兄、太一郎をことあるごとにいびっていた。

兄を可愛がる手代の悪口を父、次郎八《じろはち》に吹き込み、謂《いわ》れのない着服の罪を被せて追い出してしまった。その実、その金はお兼の着物に化けていた。お兼に媚《こ》びる手代には給金を上乗せする。

　おかげで店は数回傾きかけた。それでも持ち直してきたのは、兄の太一郎がその都度、機転をきかせて新しい客を見つけてきたことも大きい。父も商才はあったので、母の不正には見ぬふりをしつつ、金は補てんしてきた。

　たとえ金勘定は誤魔化せても、店の中の空気はどんどん不穏なものになる。女将のやりように文句を言いたいけれど、首を切られてはたまらないから、手代たちはみな口を噤《つぐ》んだ。その代わりに女将の実子である吉三郎に、八つ当たりのように仕事を振り分ける手代もいた。だが、それが露見すると、お兼は次郎八に告げ口をする。

　太一郎は、そうした繰り返しに業を煮やしていた。手代たちも苦しい胸の内を太一郎にだけ話していた。さすがに業を煮やした太一郎は遂に次郎八にお兼の所業を注進した。吉三郎もその場に居合わせた。

「せめてお父さんからお義母さんに言って下さらないと、店の者に示しがつきません」

　太一郎の話はもっともだと吉三郎も思ったが、次郎八はそれに聞く耳を持たなかった。

「お兼は可哀想《かわいそう》な女なのだ」

　次郎八はそう言った。

その時の吉三郎は、何とも言えぬ気持ちになった。

母を悪く言われるのは子として耐え難い。だから、父が母を庇《かば》ってくれたことは嬉しくもあった。しかし、ここまで事がこじれてしまい、店の様子がおかしくなっているのは母のせいだというのもよく分かる。吉三郎は結果、母のことを責めたてることもできず、かといって表だって庇うことも憚《はばか》られ、いつしか立つ瀬をなくして店の中に孤立していた。

やがて手代たちは、跡継ぎとして太一郎を守《も》り立てることを決め、殊更《ことさら》に吉三郎を遠ざけた。かつて太一郎が言っていた、兄と弟で力を合わせて店をやるという思いは、母、お兼と、手代たちとの対立によって引き裂かれることになった。

そんなある日、大事な御用先である旗本屋敷に、糸物を届けに行く仕事があった。寒い雪の降る日だった。

前日から、太一郎は体調を崩し、熱を出していた。

「代わりに私が参ります」

吉三郎の申し出に手代たちの中には不快な顔をするものがあった。

「大切な御用先に吉三郎さんでは……」

ここで吉三郎が先方に挨拶に行くのは、万屋の跡継ぎを吉三郎にするということになりかねないという危惧《きぐ》があるのは分かった。

「そうですね、吉三郎が行くのは、荷が勝ちすぎます」

お兼は珍しく、手代たちの言い分に従った。

「旦那さまがいらして下されればいい」

手代たちは、次郎八が行くことを勧めた。しかし、お兼はそれを止めた。

「旦那様には、店にいて頂かねば困ります。ここはやはり、若旦那の太一郎さんが行くのが筋じゃありませんか」

と、お兼は言った。

「それでは兄様のお体が心配です」

吉三郎が言うと、手代たちも一様に頷いた。

「ならば、私が参りましょう」

番頭や手代たちが次々に手を挙げたが、お兼は頷かない。

「先様は仮にも旗本。使用人では示しがつきません」

結局、これ以上、お待たせするわけにはいかないと、太一郎は、熱を押して出かけることになった。

御用は無事に済み、帰って来た太一郎は、その夜になって高熱を出した。

「大したことはありますまい」

お兼はそう言っていたが、吉三郎や手代たちが見てもそれは、ただごとではなかった。急いで医者を呼んだところ、高熱で魘《うな》されるばかりだった。

吉三郎は心配して夜遅くまで枕辺にいたのだが、快方には向かわず、それから三日の後に太一郎は命を落とした。

「仕方なかった。元より体の弱い男だった」

父はそう言った。まだ二十六。これからだと言う息子の死に対し、次郎八は冷淡にさえ思われた。手代たちが悲嘆に暮れたのは言うまでもない。

「これからは吉三郎を若旦那とお呼び」

母は悲嘆に暮れる手代たちにそう言い放った。吉三郎もまだ、心を切り替えられずにいるというのに、母ははしゃいでいるように見え、その様子に苛立った。

兄が死んだ時、十六だった吉三郎は、それでも何とか若旦那になろうとした。兄は病で逝ったのだから、罪の意識を背負うよりも兄の遺志を継いで良い店にしようと決意した。

いざ仕事を覚え始めると、商売は楽しかった。父は商人としてはなかなかの手腕の持ち主で、稼ぐことは楽しい。やがて何人かの若い手代は吉三郎を支持してくれるようになったのだ。

しかし丁度、一年ほど前のこと。仕事の合間に煙草をふかしに裏手に出ると、母お兼と近しい手代が話しているのを聞いた。

「それにしても女将さんはひどい」

「何がさ」

「太一郎さんのことですよ」

声を潜めるようなその会話に、吉三郎は思わず息を詰めて聞き入った。

「旗本屋敷の遣いは、あの日でなくても構わなかったのを、知っていますよ」

そう言う手代に、お兼は笑った。

「だとしたら何だい。確かに三日のうちにと言われてはいたけれど、遅くなっていいって話じゃないだろう。太一郎が死んだのは、さだめってもんさ」

蓮《はす》っ葉《ぱ》な言い方で、お兼は高らかに笑った。

「この店は私のものだ。お前も私を脅す気ならば、覚悟をなさいよ」

「滅相もない。私は女将さんに従いますよ」

二人は声を潜めて笑い合う。

ああ、そうか、と思った。

手代たちや、町の人が噂するのを聞いてはいたが、ほんとうに母が兄を殺そうとしたなどと思いたくはなかった。あれは仕方ない仕事だったのだと、何とか思おうとしていた。不幸な事故だと思いたかった。でも、こうして聞けば、その方が腑《ふ》に落ちる。食うや食わずの貧しい生まれで、己の美貌だけを頼みに芸子をしてきた母にとって、日本橋の御店の女将に納まることは野望だったのだろう。そして自分の子を主につけることもまた、一つの目的だった。好きなだけ金を使い、己を着飾る。

「そんなことのために……」

吉三郎は思わず呻《うめ》いた。

「きっちゃん、後を頼むよ」

今わの際に兄はそう言った。

兄のその言葉を頼りに、必死に己を奮い立たせて頑張って来たつもりだった。しかしその全てがガラガラと崩れていくような思いがした。怒りでもなく、悲しみでもない。ただぽっかりと大きな虚《うろ》が空いたような気がした。

兄とて分かっていたはずだ。母が殺意をもって兄を送り出したことに気付かなかったはずがない。それでも兄は行った。半ば意地だったのかもしれない。

何とかして、兄の仇をとりたかった。

空いた虚の中に、その思いだけがぐるぐると渦巻き始めた。

母を殺そうと思った。

いよいよ邪魔な太一郎がいなくなり、ひたすらお兼に甘い次郎八は、お兼の金遣いには文句を言わない。手代たちも寄る辺を失い、遂に抵抗もしなくなった。好きなように遣い、遊ぶ母を見て、殺してやりたいと思いもした。

どう殺そうかとそれを考えている時は生きている心地がした。包丁を握り、寝間近くまで迫ったこともある。腰紐を持って背後に近寄ったこともある。だが、いざとなると身が縮み上がり、手が震えて殺すことができなかった。

それならば、母を絶望させてやればいい。母から奪えばいい。

「そうか、私が死ねばいいのだ」

そう思ったら、不意に軽くなった。

惜しいものなど何もない。父母の情愛にも縁遠く、兄と約束した二人で店をやるという夢も叶わない。やりたいことも、会いたい人も、生きる道も、何一つ持っていないことに気付いた。

その時から、仕事の全てを放り出すことに決めた。手代たちも呆《あき》れたらしく、ぼんくらを放っておくことに決めたらしい。

お兼は察しが良かった。生きる気力を失くしたような吉三郎を見て、慌てたお兼は次郎八に頼み込んだのだ。

「吉三郎に似合いの嫁を見つけておくれよ」

思えば、兄はあの年まで嫁を娶《めと》ることさえなかった。ことあるごとにお兼が、

「まだ早いから」

と、止めていたのだ。兄には思う人があったらしいが、それすらも叶うことはなか

った。それなのに、吉三郎には、二十歳になるかならぬうちから嫁さがしを始めた。

そのことにも吉三郎は苛立った。

母が見つけてきたのは、評判の小町娘のお美祢。見れば確かに愛らしい。だが、はしゃぐ母を見ているうちに気持ちは冷えた。

お美祢が呆れて断るようにと、芸者遊びをし、酒を飲み、仕事もせずにふらふらと過ごした。母は見かねてそれを咎めたが、父はというと、

「遊びも仕事のうちだ」

と、そこだけ物分かりの良い風を装った。元より芸子の母を娶ったのだから好色なのだろう。

ある日、父は吉三郎を招いた。

「遊びたいというのは、いっそ良い。遊びはいずれ飽きるものだからね。吉原で花魁をあげよう」

と言い出した。そしてあの日、手代も連れて吉原へ繰り出すことになったのだ。

「一緒に遊べば、手代たちとも親しくなろう」

父の短慮に吉三郎は呆れた。

別に遊びたくて遊んでいるわけではない吉三郎は、楽しむ気にもなれず、宴席だというのに白けた顔をして、余計に手代たちに嫌われるのは目に見えていた。

宴の最中、同じように白けた顔で座っていた女がいた。涙黒子《なみだぼくろ》の女は、まるで空を見るように座っていた。どういうわけか、その女に吸い寄せられるように手を取ったのを覚えている。

「一緒に死んでおくれなんし」

そう言われた時に、ほっとした。全ての枷《かせ》から放たれて、自由になれたような、そんな気がした。

お美祢から、

「一緒に生きとうございます」

と、溌剌《はつらつ》とした笑顔で言われると、それだけで息苦しさが迫りくる。兄の死に際の顔を思い出し、母の高笑いが聞こえ、身の内から己への嫌悪が駆け上る。

それに引き替え、この女はただ死にたいという。その方が吉三郎にとっては余程、分かりやすく、心落ち着くことができた。

「ああ、死のう」

そう言えた時、腕の中にいる女が愛しく思えた。同じように真っ黒で空っぽの虚を抱えているのが分かり、後先を考えずただ貪《むさぼ》るように抱いた。

静かな夜が過ぎて行く。

雛菊は、死んだのだという。

掛け軸を前に端坐する吉三郎は、目を閉じた。その瞼《まぶた》の裏には、雛菊の白い腕が、滑らかに手招きをしているのが見える。

「すぐに行く」

そう言ってみて吉三郎が、その声音が恋うように聞こえることに我ながら驚いた。

雛菊に恋をしているのではない。ただ、死を恋う思いが募っている。

六

その日、金四郎が蕎麦屋《そばや》に行くと、先に来て座り込んで徳利《とっくり》を空けている国貞の姿があった。

「既に、ずいぶん飲んでますね」

この蕎麦屋は、このところ、国貞が好んで出入りしている。日本橋の室町で、安く酒が楽しめる上に、看板娘が可愛いと、いたく気に入っている。色白で少し小太りだが、面長な顔立ちは、なるほど国貞好みではあった。

金四郎が国貞の向かいに胡坐《あぐら》をかくと、その身なりを上から下まで眺め見た。

「ずいぶん、粋《いき》な装いじゃねえか」

「俺は今、大田南畝の門下なのでね」

「何だそれは。ねえ、お袖《そで》ちゃん」

国貞は、肴《さかな》を運んできた看板娘のお袖に声をかける。お袖は気さくに笑った。

「粋ですよ、金さん」

「ありがとう」

「何だよ、お袖ちゃん、金のほうが好きなのかい」

「はいはい」

酔客は慣れているのか、お袖はてきとうにいなして、別の客のところへ移っていった。国貞は、立ち働くお袖の後ろ姿を見ながら、空に絵を描いているようなそぶりをして見せた。

「話、聞く気ありますか」

金四郎が、苛立って身を乗り出すと、国貞は、慌てて金四郎に視線を転じた。

「あるよ、話してみろよ」

「だから、今日、万屋に行ったんですよ」

金四郎は国貞に、掛け軸を届けたときの吉三郎の様子を話して聞かせた。国貞は、黙ってそれを聞いていたが、金四郎が万屋から追い出されたくだりまで聞き終えると、ふううん、と、ため息交じりに言った。

「同じように初会で、絵まで描いた俺には、思わせぶりな文《ふみ》だけ。片や、吉三郎は、身の上話を聞いたうえ、心中の打ち合わせまでしていたなんて、色男は違うねえ」

「そういう話じゃないでしょう。結局、どうして雛菊が一人で死んでいたのか分からず仕舞いだ」

金四郎は苛立ちながら、焼き葱《ねぎ》をつついた。

「そうだ。その肝をきちんと聞いてやしないんだから、お前の話はつまらねえ」

「そうなんだけど」

「お袖ちゃん」

国貞は、店で立ち働くお袖に呼びかける。お袖は、はいはい、と言って国貞のところに駆け寄った。

「話にならないんだよ、金は馬鹿だから」

「分かりましたよ」

お袖は、あやすように言い、国貞の肩を叩《たた》く。そのとき、店に入ってきた客があった。

「いらっしゃいませ」

お袖は国貞の側《そば》を離れて客に声をかけた。

「いたいた、金さん」

客は源八だった。源八は金四郎と国貞の向かいに座った。

「あんた、相変わらず例の雛菊の件、追っているんだろう」

源八の問いに、金四郎はうなずいた。

「瀬川の倅《せがれ》と、万屋の若旦那《わかだんな》が引っかかっているって言っていたよな」

「そうです」

金四郎の言葉に、源八はぐいっと身を乗り出して声を潜めた。

「万屋の若旦那の後をつけたのさ」

つい昨日のこと。万屋の吉三郎の動向を気に掛けていた源八は、昼日中《ひるひなか》に、ふらりと店を抜け出した吉三郎の後を追った。

猪牙舟《ちょきぶね》に乗ると、そのまま吉原へ。昼見世の時間ではあるものの、がらんとした吉原の大門をくぐると、迷う様子もなく仲の町から左へ逸れた。

「仲の町じゃやないのか」

国貞は、怪訝《けげん》そうに眉根《まゆね》を寄せた。

仲の町は三浦屋を始めとした妓楼《ぎろう》が居並ぶ。その外側へ行けば行くほど、安い女郎屋になる。

「で、羅生門河岸へ行ったんだよ」

源八の言葉に、金四郎と国貞は目を見合わせた。

女郎たちは十年の年季が明ければ、吉原の外へ出られるとされている。しかし、実際に女郎暮らししかしていない女たちの中には、稼ぐ術《すべ》もなく、頼れる実家もないものが多い。結局、年季が明けても吉原に留まり身を売る女も多い。また、仲の町で花魁《おいらん》を張っていた女でも、病に冒されて妓楼を追われるものもいる。そういう女たちは、吉原のおはぐろどぶのすぐ側に並ぶ、河岸見世や局《つぼね》見世と呼ばれる安い女郎屋に身を置くのだ。

「大店《おおだな》の若旦那が、羅生門河岸で女遊びとは、野暮な話だな」

国貞は苦笑を漏らした。すると源八は首を横に振る。

「いや、それが違うんだ」

羅生門河岸の一人の女郎の元を訪れた吉三郎は、その女と見世に入ると、すぐに出てきて足早に大門を出て、浅草へ向かった。

「浅草に、何をしに行ったんだ」

「矢場だよ」

矢場とは、小さな弓矢で的を射て遊ぶ遊興場。その矢場で矢を拾う女たちは、矢取《やとり》女《おんな》といい、時には身も売ることで知られていた。無頼《ぶらい》の集まる場所でもある。

「まあ、そっちの店も、跡継ぎに決まった若旦那が出入りする場所じゃあないがな」

「まだ、先があるのさ」

吉三郎は、その矢場の女に一枚の紙を見せると、小声で何かを話し合い、すぐにその矢場を後にして、奥の小路へ入り、並ぶ長屋の一軒に入った。それからしばらく、出てこなかった。

「入口には、貘《ばく》の絵が描かれていた」

「貘って、あの夢を食らうという貘かい」

国貞の問いに源八はうなずく。

「その長屋には、小半時もいたかな。それから後は、店へ戻った」

源八は、腕組みをして首を傾《かし》げた。

「どうして羅生門河岸に行ったのか、その長屋が何なのか。知りたいとは思ったのだが、いかんせん岡引には縄張りってものがある。下手に手出しをすれば、あの辺りの岡引ともめることになるんでね」

金四郎は国貞と顔を見合わせてから、源八の顔をうかがうように見据える。

「源八さんとしては、その吉三郎の足取りが、どうにもきな臭いってことなんだろう」

源八は国貞が手にした猪口《ちょこ》を奪い取ると、それを呷り、徳利からさらに酒を注ぐ。

「まあ、そういう臭《にお》いがする場所ばかりだな」

国貞は一つ大きく手を打った。

「金」

「はい」

「どうせ、行くんだろう」

「はい。明日にでも」

金四郎の答えに、国貞はため息をつきながら苦笑を浮かべた。

「ここまで来たら、俺も付き合ってやってもいい」

国貞は立ち上がった。そしてそのまま店の奥で立ち働くお袖の元へ行き、また酔客よろしく口説いている。

「あんたたちも、酔狂だね」

源八は再び酒を呷る。金四郎は、ええ、と曖昧《あいまい》に返事をした。

「羅生門河岸の女は、左頬《ひだりほお》に刀傷があった。覚えておきな」

第四章

一

昼間に見上げる吉原の大門はどこか寂れた様子に見える。夜のほの暗い中に浮かび上がれば、この大門は幻の楼閣《ろうかく》のように人を夢見心地にさせるのだが、今はただの酒気を帯びた空気が漂う場末に見えた。

「さて、その羅生門河岸の女を訪ねてみるか」

隣に立つ国貞が、好奇心を覗《のぞ》かせながら、金四郎を急《せ》かした。

大門を入ってすぐに広がる仲の町。その通りを先へ進み、京町二丁目の裏通りには局《つぼね》見世《みせ》が並ぶ。吉原の外をめぐるおはぐろどぶは、汚水が流れ込んでおり、その臭気が辺りに立ち込めている。

「寄っておいでなさいよ」

金四郎と国貞の二人を見るなり、局から女郎たちがわらわらと姿を現した。首筋から胸元まで白粉《おしろい》で塗り、大きくはだけた着物で、二人の元へ擦《す》り寄ってくる。年増《としま》もあれば、やつれて顔色の悪い病持ちと思《おぼ》しき女もいた。局の女郎は客の数が命綱だから、その客引きは時に強引で、地獄の鬼が手招きするさまにも見えることから、「羅生門河岸」と呼ばれるようになったとも言われる。

「ここに、左頬《ひだりほお》に刀傷がある女がいないか」

金四郎は腕に縋《すが》る女を引き剝《は》がしながら、辺りに問いかけた。すると、女郎たちが顔を見合わせ、金四郎と国貞をまじまじと見る。

「私だよ」

並ぶ局の一番奥の戸が開き、一人の女が立っていた。

年のころは三十ほどだろうか。細身で華奢《きゃしゃ》だが、その立ち姿は美しい。大きな目は、やや目くぼが落ち、頬はこけていたが、顔立ちも美女と言えるだろう。惜しむらくはその左頬に刀傷が一筋、はっきりと見てとれることだ。

金四郎と国貞の二人をしばらく見ていた女は、腕組みをしたまま、首をくいっと曲げて、

「入んな」

と、促した。

局見世は、長屋よりも狭いほどの造りで、ほんとうに寝るためだけの空間でしかなかった。女は上がり框《がまち》を上がりながら、自ら帯に手をかける。

「どっちが先にする」

「いや」

金四郎は、女の帯を解く手を制した。女は金四郎を見上げると、ふっと失笑した。

「わかってるよ。抱きに来たわけじゃないんだろう」

金四郎は、女の手を離し、頭を垂れた。女はさも愉快そうに二人を見てから、奥の火鉢の前に腰を下ろす。火箸《ひばし》を片手に、灰をいじりながら、ふと顔を上げて、二人の視線の先を辿《たど》り、女は自分の左頬に手をやった。

「この傷がめずらしいかい。これは、昔、花魁《おいらん》をやっていたころ、惚《ほ》れた男につけてもらった傷だよ。おかげで羅生門河岸に来て客足がぱったり。刀傷の茜《あかね》太夫なんて、面白がる客もいるけどね」

そう言うと、茜というその女はすっと手のひらを二人に向かって差し出した。

「話でもあるんだろう。揚代は二朱。二人で一分。そしたら、何でもしゃべってやるよ」

金四郎は懐を探り、国貞も舌打ちしながら財布を取り出した。二人で二朱ずつを茜の前に置くと、茜はそれをすぐさま手にした。

「で、何を聞きたい」

「この人が、来たでしょう」

金四郎は、国貞が描いた吉三郎の似せ絵を突き出した。茜は、ああ、とあっさりとうなずいた。

「何をしに来たんだ」

金四郎の問いに、茜は興味すらなさそうに、首を傾げた。

「この前死んだ女郎の話を聞きに来たのさ」

「雛菊のことですか」

金四郎が身を乗り出すと、茜は気だるい様子で欠伸《あくび》をした。

「そんな名だったかな。仲の町の花魁で、右目に涙黒子《なみだぼくろ》のある女さ」

国貞は、その言葉に、懐から雛菊の絵を取り出して見せた。

「あんた、絵が上手《うま》いね。そんな顔だったよ」

「なぜ、あなたに聞きに来たんです」

「その話には、もう一朱だね」

茜は再び手のひらを金四郎に広げて見せた。金四郎は国貞を振り返ったが、国貞はついと目を逸らす。金四郎は懐から財布を探り、一朱を手渡した。

「雛菊のこと、何でもいいので教えてください」

金四郎の言葉に、茜は面倒くさそうに頭を掻《か》いて、深くため息をついた。

「あれはもう、一年ほど前になるのかね」

茜は、記憶を手繰《たぐ》るように話し始めた。

ある日の深夜、茜が酔いを醒《さ》ましていると、髪を振り乱した女郎が一人、放心したように羅生門河岸の近くを歩いていた。夜になれば、女郎の足抜けを止めるために、金棒引きと呼ばれる男衆が目を光らせている。河岸見世の女など、逃げたところで痛手ですらないが、花魁の女が下手に出歩けば吉原の中であっても折檻《せっかん》されることもある。着ている着物からして、その女が花魁であることは分かった。それだけに気になって、思わず目で追いかけた。女は、吉原の片隅にある小さな井戸を見つけて井戸端に立つと、じっと底を覗いていた。

「井戸の底ですか」

金四郎が問いかけると、茜は笑った。

「女郎たちの間で知られるまじないの一つだよ。丑三《うしみ》つ時（午前二時頃）、髪をほどいて井戸の底を覗き、顔が映れば願いが叶《かな》うっていう。もっとも、そんな夜更けに光のない井戸の中に顔が映るもんかいって思うんだけどね。それがあんたたちの言う雛菊だったのさ」

茜はそう言って、ふふふ、と笑う。

　あまりにも長いこと覗き込んでいたので、しばらくその様子を見ていたが、ついに声をかけた。

「呪《のろ》い殺したい男でもいるのかいって聞いたら、びっくりしたみたいに振り返った。だから、そんなことをするよりも、もっと手っ取り早く、願いを叶える方法があるよって、教えてやった」

　すると、雛菊は驚いたように茜を見詰めていた。茜は自ら、羅生門河岸の茜だと名乗り、願いがあるならいつでも訪ねて来ればいいとだけ伝えた。

「まあ、今を盛りの若い花魁は、この羅生門河岸に足を踏み入れたがらないものだよ。ここが女郎の成れの果てだからね。ここを見てしまったら、どれほど花魁だお職だと誉《ほ》めそやされても、空《むな》しくなるだけだ。みんな、避けて通るものさ」

　茜は、自嘲《じちょう》を込めた微笑を浮かべて、そう言う。

　案の定、雛菊は翌日になっても、翌々日になっても訪ねては来なかった。

　だが、一月《ひとつき》ほど経《た》ったころ、雛菊は一人でこの羅生門河岸の茜のもとを訪ねてきた。

「願いが叶う方法を教えて欲しいって言うんだよ」

　その顔は、いつぞやの亡霊のような気の抜けたものではなく、むしろ、生き生きと輝いているようにすら見えた。

「その願いとは」

金四郎が思わず身を乗り出す。茜は眉根に力を入れた。

「聞きたいのかい」

茜の声音は低く、金四郎は思わず身構えつつ深く頷いた。茜はふっと息を吐く。

「ちょうど、そこに立っていたっけ」

茜はすっと金四郎が立っている場所を指さした。

「憑《つ》きものが落ちたようにさっぱりした顔でね、顔をこう……赤らめて」

息を弾ませてくるような場所でもないのに、花魁ならではの派手な装いをそのままに羅生門河岸に足を踏み入れてきた。河岸の客は花魁の姿に驚いていたが、茜はその無粋な客を追い払うと、雛菊を局見世へと引き込んだ。上がり框に腰を下ろし、雛菊は言った。

「あなたに会ってからずっと考えていたんだよ。私の望みは何なのか」

そして、ゆっくりと顔に微笑《ほほえ》みを浮かべると、落ち着いた口調で言った。

「心中をしようと思って」

その口調があまりにも柔らかいので、茜はどこかほっとした。

「そうか、好きな男が一緒に死んでくれるって言うんだね。手引きをするなら、何も金なんかいらない。私が手伝おう」

茜はこれまでにも、女郎の駆け落ちや心中などを手伝ったこともある。すると雛菊は、いいえ、とはっきりと言った。茜は困惑しながら雛菊の顔を見つめた。雛菊は相変わらず静かな様子でいた。

「真の恋の心中ならば、信じることもできましょう。でも、私は芝居でいいから心中をしたい。信じられない相手とする心中だから、確実に仕留めてくれる人が欲しいのです」

そう言うと、真っ直ぐに射るような視線で茜を見つめた。

「何でも叶えて下さるんでしょう」

どこか挑むような目で凝視され、茜は怯《ひる》んだ。

「そんな願いを叶えようがないからか」

国貞が問うと、茜は静かに首を横に振った。

「なに、容易《たやす》いことさ」

「外に出ることもできないあんたにとって、どうして容易いことなんだ」

金四郎の言葉に、茜は、手元の火鉢の灰に、火箸《ひばし》で字を書いた。

「貘《ばく》」

金四郎が声に出して読むと、茜はうなずいた。

「夢を食らう生き物だよ。知っているだろう」

「まあ、知っているが」

「獏に頼むのさ。願いを文にしたためて、金を包んでね」

話を聞いていた国貞が、ぐいっと身を乗り出した。

「それは、源八さんが言っていた、浅草矢場の裏にある長屋の話じゃないか」

「おや、よくご存知だね」

「何なんだ、その獏っていうのは」

「口入れ屋だよ」

江戸は、地方から人が流れ込んでくることもあり、浮浪者や無職者も多かった。口入れ屋というのは、その身元を保証して、仕事先を斡旋《あっせん》するというものだ。

「ただし、獏がやっているのは裏の口入れ屋というやつさ。用心棒まではまだいい。だが、火付け、盗み、果ては人斬りの話まで通す」

雛菊はその話を聞いて、ほどなくして文と金の包みを持ってやってきた。

「その文には何と？」

「知らないよ。私はただ、渡されたものを獏に流すだけ。それを知りたいのなら、獏のところへ行けばいいだろう」

火鉢の灰に火箸を突き立てると、茜は難儀そうに肩を揉《も》んだ。

「どうしてあんたが、獏の間を取り持っているんだ」

国貞の問いかけに、茜は左頬の傷を見せた。

「この傷をつけたのが、貘だからね」

茜は、自分の左頰の傷を、右手の甲で撫でながら、微笑んだ。

「この町は、貘に頼みごとをしたい人が集まってくる。男も女もね。おかげで私は、嫌な客をとらずとも、それを仲介するだけでここで暮らしていけるのさ」

茜はそう言うとすっと立ち上がり、奥にある文箱を開ける。

「それで、あんたたちは、この話を聞いてどうするつもりだい」

茜は振り返らずに問いかけた。その声音は、これまでの気だるい様子とは変わり、やや緊張しているように聞こえた。金四郎は、ぐっと手のひらを握り締めた。

「貘に会ってみたい。会って話を聞いてみたい」

金四郎の言葉に、茜は肩を震わせて、高らかに笑いながら振り向いた。ゆっくりと金四郎の傍《かたわ》らに歩み寄ると、金四郎の頰を両手で挟んで覗き込む。

「小手先の噓《うそ》でもついたなら、突っ返してやろうと思ったけどね」

そして、金四郎の手を取り、その手のひらに小さな紙を握らせた。

「これを矢場の夕《ゆう》っていう矢取女に渡しな。私は貘の詳しい長屋の場所を知らない。その女が教えてくれるらしいから」

茜はそう言って、局の戸を開くと、金四郎と国貞の背を強く押して外へ出した。

「私だってね、あの女を死なせたかったわけじゃないんだよ」

金四郎が振り返るより先に、その戸はからりと閉ざされた。

翌日、国貞と金四郎が二人で浅草へ出かけたのは、暮れ六つ時（午後六時）だった。

矢場で小さな弓を構えているものたちは、月代《さかやき》の伸びきった無精ひげの男や、顔に向こう傷のある男など、人相、風体は、まさに無頼といった様子であった。

「行きますよ、国貞さん」

金四郎と国貞は、その矢場に入ると、店番の女に声をかけた。

「夕っていうのは誰だい」

「はい」

年若い女は、襟ぐりを大きく開けて、二人に向かって嫣然《えんぜん》と微笑んでみせる。金四郎はその女に、茜からもらった獏の絵のついた小さな紙を手渡した。女は紙を受け取ると、金四郎と国貞をじろりと見つめた。そして気だるい様子で答える。

「裏手にある長屋だよ。入り口に煙草屋《タバコ》があるからすぐに分かるはずさ。戸に獏の絵が描いてある」

二人は、女が示すほうへと足を進めた。

途中、道端に座る浮浪者がいた。椀《わん》を手にして喜捨を求めて立ち尽くしているものもいる。子供も同じように、薄汚れた着物で座っていた。一人の男は酒を帯びた目で、じっとりと金四郎と国貞を見上げてくる。金四郎は足早に歩きながら、辺りの路地の空気が淀《よど》んでいるように感じていた。

　通りの先に、小さな煙草屋を見つけた。裏手には、五軒ほど連なる長屋があった。金四郎と国貞が路地を入ると、入り口の障子に小さな貘が描かれたものを見つけた。

「ごめん」

　金四郎は声をかけた。

「お入り」

　短く、だが、はっきりと男の声が聞こえた。金四郎はその障子をすらりと開けた。その瞬間、白い煙が戸から外へ出てきた。

　どんよりと薄暗い部屋の中は煙草の煙が満ちていた。その白濁した中で膝を立てて座り込んでいる人影があった。

「貘さんですか」

　金四郎が問うと、その人影は、煙草盆を引き寄せながら、金四郎たちに向かって、紫煙を吐きつけた。

　そこにいたのは老人のように見えた。肩はいかり、背中は丸まっている。膝《ひざ》を立てて、怪訝《けげん》そうな表情を二人に向けた。

「何の用だい」

「聞きたいことがありまして」

金四郎は、上がり框に座り込む。近づいてみると、思ったよりも、貘は年老いてはいなかった。せいぜい四十ほどだろう。ただ肌はかさかさと乾き、歯は折れていて、白髪も多かった。

金四郎はしばらくその貘の様子を窺《うかが》った。貘もまた、煙の向こうから、ぎらつく目をこちらへ向けて、金四郎と国貞を睨《にら》んだ。

やがて貘は、口の端を吊《つ》り上げるようにゆがんだ笑みを見せ、煙管《キセル》の灰をトンと灰皿に落とすと、煙管で金四郎の顔を指した。

「年は十八、九といったところか。修羅場の一つも味わったことのない小童《こわっぱ》だな。人を斬ったこともなかろう」

その声は抑揚がなく淡々と響いた。そして今度は、国貞に煙管を向ける。

「そっちのあんたは、力仕事なんざ知らないな。細かい仕事をする職人だろう」

当たらずといえども遠からぬ国貞の評に、国貞は、じろりと値踏みするように貘を睨むと、皮肉な笑みを浮かべて見せた。

「あんたも、あまりいい生き方してねえな」

国貞は、張り合うように言うと、貘はまた、右の口の端だけを持ち上げた。

「あんたたちみたいのがここに来たって、仕事はやれないね」

金四郎は国貞を振り返る。国貞も、次の手を考えているようだったが、言葉はない。

「聞きたいことでもあるなら聞くがいい」

貘は、急かすように言いつつ、再び煙管に煙草を詰めて、火を入れた。

「万屋吉三郎という人を知っているか」

「さあ、あたしは人の名前を覚えるのが苦手でね」

金四郎が言葉に窮すると、国貞が、貘の文机《ふづくえ》に置かれた筆をとり、そこらの紙に、吉三郎の顔形を似せた絵を描いて見せた。

「ああ、見覚えがあるね」

「何をしに来たんだ」

「さてね」

貘が吐き出した紫煙はゆっくりと天井まで届き、視界がまた、白さを増したようだった。

「茜という女に聞いた。この男は、雛菊という女郎のことを聞きに来たんだろう」

「茜はおしゃべりでいけない」

貘は愉快そうに笑った。

「あんた一体、どんな仕事をしているんだ」

金四郎の口調がやや強くなると、貘は面白そうに金四郎を見やった。

「罪人でも見る、役人のような目つきになってるね」

からかうような口調に、金四郎はカッと頬が熱くなるのを感じた。

「あたしは、別に悪事をした覚えはないよ。いつだって、頼まれたことを頼まれたように片付けるだけさ」

「頼まれたこと」

「時には密通の手伝いもするし、盗みの手伝いもする。盗人を匿《かくま》う手伝いもする」

獏は、白濁した部屋の中で、ぎらつく目を二人に向けた。

「役人だってお得意さまさ。以前、盗人を捕まえたいと言っていた役人のために、一人、用意したこともある」

金四郎は、つい、好奇心が疼《うず》き、獏に無言で先を促した。獏は続けた。

「いつだか、日本橋の金物屋に盗人が入ったことがあってな」

獏の話によると、その一件では金物屋の手代の一人が殺されていた。だが、下手人は見つからず捕まらない。困惑していた同心は与力からの圧力にも耐え切れず、獏の噂《うわさ》を聞いて駆け込んだ。

「下手人を用意して欲しいと言われてね」

獏は、くくく、と曇った笑い声を立てた。

「下手人を用意するってことは、偽《にせ》ものを仕立てたってことか」

「そうさ。それで俺は用意した。もう帰る家もなくし、生きる望みも絶たれたと嘆く男に、晴れ舞台をね」

その男はどこかの脱藩浪士だった。不正が露見して江戸へ逃げてきたものの、藩からの追っ手はなかなか来ず、捕まらないまま五年が過ぎていた。いつも周囲に怯《おび》える暮らしに、疲れ果てていた。

「それで、その男は」

「無論、盗みと殺しの罪を被って島流し。でも、江戸で隠れ住むよりましなんだろうよ」

金四郎は目を見開いた。獏は飄々《ひょうひょう》とした風で、金四郎の様子など構わず、煙管を手で弄《もてあそ》んだ。

「今回だって頼まれたのさ。ちょうど一人の武士が、斬る相手を探して欲しいと、一両を包んであたしに渡した」

「一両も」

国貞は、その値段に声を上げた。

「折しも吉原から、一両小判と一緒に、こんな文が届いてね」

獏は、そう言うと、自分の背後にある文箱からガサガサと一枚を掘り当てて、金四郎に投げて寄越した。

そこには、やわらかい女文字が並ぶ。しかし、途中で男が逃げるかもしれず、私が相手心中で相対死《あいたいじに》するつもりでいる。確かに心中できるよう、手を借りたい。を殺せないかもしれない。確かに心中できるよう、手を借りたい。

それが文の内容だった。

文には、睦月《むつき》の晦日《みそか》、丑《うし》の刻（午前二時）に吉原田んぼで男と二人、待っているから殺して欲しいと続いていた。金四郎は、それに見入り、国貞を見上げた。

「これ、雛菊だろう」

金四郎の言葉に、国貞は無言でうなずいた。

「これを、その武士に頼んだのか」

「この文を見せたよ」

ただ、話を流しただけだと貘は言った。死にたいという人がいて、斬りたいという人がいる。その間を結ぶだけだと言う。

「でも、どうして斬ったんだ。雛菊は男と二人でと言っているのに」

貘は笑った。

「その武士にとっては関係ないだろう。そもそも武士は、この女の名も知らない。女も、自分を斬った男の名すら知らないだろう。だが、それが女の望みでもあったんだから、仕方ない」

金四郎は、獏が吐き出した煙を、穢《けが》れでも祓《はら》うように、両手で払いのけた。獏はその様を見て、さらに煙を吐いてみせる。

「それに、生かしたところで、吉原の男衆に見つかれば、結局、足腰立たないほどの折檻が待っている。挙句は岡場所に売り飛ばされて新しい地獄を見るだけ。殺してやるのも親切さ」

金四郎はその言葉に反駁《はんばく》できずに唇をかんだ。が、もう一度、顔を上げて獏に向き直る。

「それで、吉三郎は何をしに来たんだ」

「この女はね、よほど男のことを信じていなかったのさ」

獏は、くくく、と声を潜めて笑った。

そこには、万一、睦月の晦日の晩、田んぼに男が現れなかったときは、その男、万屋吉三郎を、如月《きさらぎ》の晦日の日までに、違《たが》うことなく殺《あや》めて欲しい。

そう、記されていた。

「こんなことまで、叶えるのか」

金四郎が呻《うめ》くように言うと、獏は、当然と言わんばかりにうなずいた。

「金は十分もらった以上、この吉原の女には義理がある。人を斬りたい武士に話したら、追加で一両支払われた。有り難い客だよ。だが、吉三郎という男には義理はないからね」

金四郎は、思わず嘆息する。

「それに、あの男はその依頼の中身を知ったところで、驚きもしなかったよ」

獏は、煙管の灰を煙草盆に落とすと、ゆっくりと口を開いた。

「あたしは面白がりだからね、一ついいことを教えてあげよう」

金四郎は獏の暗いまなざしを真《ま》っ直《す》ぐ見返した。

「吉三郎は死にたいのさ。だからここに来た。この人斬り武士に、晦日の日の戌《いぬ》五つ（午後八時）に、浄閑寺《じょうかんじ》で待つと伝えて欲しいと言っていたよ」

金四郎は、国貞と顔を見合わせた。

「おい、今日は晦日だろう。五つって言ったら、あと半時もねえ」

国貞の言葉に、金四郎は勢いよく立ち上がったが、そのまま動きを止めた。

「最後に聞きたい。あんたに人を斬りたいと言った男は、この男か」

金四郎は、以前、国貞が描いた、瀬川兵蔵の似せ絵を突き出した。

「なかなか上手いね。あんた、絵描きになったらいい」

金四郎は獏の台詞を聞くなり、外へ飛び出した。国貞も慌ててその後を追う。

「おい金、どうするつもりだ」

国貞は駆けだす金四郎の腕を掴んだ。金四郎は国貞を振り返る。

「国貞さんは、番屋へ向かって下さい。俺はともかく浄閑寺へ行きます」

「行ってどうする」

国貞は真っ直ぐに金四郎の目を見据えた。金四郎は首を横に振る。

「分かりません。でもこんなこと、まかり通っていいわけがない」

金四郎は、国貞の腕を振りほどき駆けていった。

二

刀の手入れをしている時間が、瀬川兵蔵にとって最も心落ち着く時間だった。刀身の美しい表面に光を当てて、その反射する光を眺める。しみじみと刀を見やってから、兵蔵は一つ息をつく。

「血曇りがあるな」

兵蔵は呟いて、再び打粉《うちこ》を手に取ると、それを叩くように刃にあてた。

幼い頃、こんな風に刀の手入れをする父の背を遠くに眺めていた。父もまた、こうして刀の手入れの時間を大切にしていたのだろう。

だが、兵蔵が近くに寄った折には、ひどく怒鳴られ、縁側から蹴り出され、強《したた》か頭を打って倒れたことがあった。

「父上は、お前が危なくないようにと思われたのです」

母はそう言ったが、それならばそう言えばいい。黙って蹴り飛ばされて、頭を打って、打ちどころが悪ければ死んでいたかもしれないと今になれば思う。

父は刀のことには煩《うるさ》かった。さほど裕福な暮らしではないというのに、刀剣商が出入りしては、新しい一振りを勧めていた。兵蔵とその兄に対しても、剣の道については厳しかった。道場で父を相手に打ち込みをさせられて、吐いていたこともしばしばだった。兄は一度、腕を折って高熱を出したこともある。

「弱い者が悪いのだ」

父はそう言い放ち、熱を出した兄を引きずって道場へ向かい、更に悪化させたこともある。そのため、兄は左の手首がやや歪《いびつ》になっていた。そんな父を母は一度として諌《いさ》めたことがない。従順で大人しい人だと言えば聞こえは良いが、母もまた、父に怯《おび》えているようにも見えた。父が母を平手打つ様子はあまりにも日常になりすぎて、母が打たれて叫び声をあげても驚くことさえなくなっていた。

瀬川の家は、当然、兄が継ぐことになっていた。剣の腕は、兄よりも兵蔵の方が勝っていたが、これぱかりは生まれ順なのだから仕方ない。次男の冷や飯食いとなるわけにはいかないと、養子入りや仕官の道を探って、あちこちを渡り歩いた。そこで耳にしたのは、父にまつわる悪い噂だった。

「瀬川はかつて、罪のない男を斬り捨て、その男を罪人に仕立て上げて、手柄を作った」

「金で人を雇って、盗人に仕立て上げ、それを流刑にして手柄にした」

「商人を脅して金を出させ、別宅まで作らせた」

父から聞かされてきた武勇伝の数々が疑惑だらけであることを知り、兵蔵は耳を疑った。そして、人望のない父のことを知っている人々から、悉《ことごと》く養子縁組の話は断られた。

それならばと、仕官の道を探し始めた。

「何がお得意か」

という問いかけに、

「剣の道ならば」

自信を持って答えた。しかしその答えに返って来たのは冷笑だった。

「いまどき、剣の道を究《きわ》められたとて、できるのは道場での師範くらいなこと。それも、実戦で培った強さならばともかく、多少、修練で腕が立つといっても、役には立ちますまい」

ならば何ができればいいのかと問うと、

「算盤ができるというならば」

と、言われた。

武士の仕事といったところでその大半は雑務だ。刀は既に形骸化《けいがいか》しており、実戦で使うことなどほぼない。同じ道場でし合っていた同年の次男坊は、剣では何度となく兵蔵に打ち負かされていたけれど、算盤が得手だという話は聞いていた。父と共にそのぼんくらを笑っていたのだが、その男は早々にどこぞの藩の勘定方に仕官が叶ったという話も聞いている。

武士としての志も分からぬ男の元でなど働きたくもないと思い、その仕官を諦めた。だが、あちこちを足が棒になるまで探し歩いても、結果として得られた答えは、どこもほぼ同じだった。

「剣など得手でも何の役にも立たぬ。いっそ算盤勘定が得意なほうが役に立つ」

何度も否定の言葉を積み重ねられるうち、心に澱《おり》が溜まってくる。恨み辛みを抱えながら、次また次と彷徨《さまよ》った。

「己の仕官先すら満足に決められぬのか」

父はそう言って兵蔵を罵《ののし》った。

父は、元より長男で、妹が一人いただけだった。八丁堀のお役を、祖父の隠居と共に受け継いだに過ぎない。その父に、自分の恥と苦悩が分かるはずもないと思った。

結局、浪人暮らしは一年また一年と続き、冷や飯食いの暮らしに落ちた。

「一銭も稼げぬぼんくらが」

父に罵られることにも心身が痛みを覚えることもなくなり、浪人としての暮らしに甘んじていた。とはいえ、元より遊ぶことも楽しめず、ひたすら剣にばかり傾倒してきただけに、それ以外にやりたいこともない。

浅草の矢場の辺りに出て来たが、遊びもせずに裏通りを歩いていると、そこで一人の白髪の背虫の男に出会った。

「ほう……倦《う》んでいらっしゃる」

男は兵蔵とすれ違いざまそう言った。

「無礼者」

そう言って刀を抜き放つと、男はその切っ先をひらりと避けた。そして、声を潜めてひひひ、と下卑た笑い声を漏らした。

「まともに人を斬ったことのない、澄んだ刀を向けられたところで、恐ろしくもございません」

男の言葉に、カッと頭に血が上るのを覚えた。だが、一言も言い返せずにいる兵蔵を、男はじっと見つめる。

「お武家さま、あなたの望みを叶えるために、私に幾らか金を包む気はありませんか」

男の声は静かだったが、その音は真っ直ぐに兵蔵の耳に届いた。

「金……だと」

問い返すその声に、男は口元を歪《ゆが》めるような笑みを見せる。

「そう。小判一枚。それであなたに、人を斬らせて差し上げましょう。罪にならぬ人斬りです」

兵蔵はふっと笑って刀を納めた。

「武家が人を斬ったとて、端《はな》から罪になどならぬわ」

「そうでしたね。では、刀で斬られたがっている人に会わせて差し上げましょうか」

兵蔵は思わず眉を動かした。その表情の微細な変化を男は見逃さず先を続けた。

「人を斬れば、罪に問われずとも、殺生は人の道に外れましょう。しかし、死にたがっている人を殺すのは、むしろ人助け。また、殺したいと思っている人を手伝うことも人助け。まずは腕試しに、私に金を払って下さい。そして、あなたが見事にその仕事をやり遂げたら、次は私があなたに金を払いましょう」

兵蔵は足を止めたまま、男を眺めた。男の背は曲がり、白髪。声もしゃがれている。それなのにいざ斬ろうにも、男からは隙が感じられなかった。再び鯉口《こいぐち》を切りかけた兵蔵は、じっと柄を握ったままで立ち尽くす。

「何を斬るのだ」

兵蔵は思わず問いかける。男は深く頷いた。

「金を払えば、お話ししますよ。私はここらに住まう獏というもの。もし覚悟が決まったら、そこの矢取女に獏の居場所を聞いて下さいな」

そう言うと、獏と名乗った男はそのまま立ち去った。兵蔵はその後ろ姿を見ながら思案を巡らせた。

剣の腕が立ったところで、何一つ飯の種にはつながらないという。浪人どもの中には、商人なぞに雇われて用心棒稼業をしている者もいると聞いていたが、商人に使われるのは兵蔵としては我慢ならない。しかし先ほどの獏が言っていた話は面白い。使われるのではなく、金を払うというのなら、何も卑屈になることはない。

「剣が立つといって、所詮、戦《いくさ》に行くわけではない。道場で強いといったとて、何の役に立つものか」

そう言う声を何度も耳にした。

それを聞く度に、いつか本当に人を斬ってやると思っていた。だが、路上で人斬りをすれば、罪に問われぬまでも、下手をすると乱心したとの噂が立ちかねない。

「待て」

獏は呼び止められることは分かっていたとでもいうように、ゆっくりと振り返る。

「金ならある」

懐の財布から、なけなしの金を出して獏の前に突き付けた。獏は遠慮することなくそれを受け取ると、にやりと笑った。

「あなたの望みを叶えましょう」

獏に導かれるまま、その小さな長屋を訪れた。獏は文箱を漁《あさ》り、その中の一通の文を取り出す。

「そうそう、これがいい」

睦月の晦日。夜中に吉原の田んぼに現れる二人の男女を斬って欲しいというものだった。

「心中を助けて欲しいという女郎ですよ。斬るのは女郎と若旦那。相手としては不足でしょうが、まあ、小手調べとお思いなさい」

何とも軟弱な連中がいたものだ。なるほど気に病むことなく斬れると、兵蔵はやや得心した。本来ならば、もっと手ごたえのある男を斬れれば、それに越したことはなかったのだが、仕方ない。

兵蔵はその夜、吉原へと足を運んだ。大門が閉まるまでは、仲の町をひやかしに歩いていた。格子の向こうで手招きをする白首たちは、兵蔵の姿を見ても寄っては来ない。見るからに質素な装いで、金回りが悪そうに見えるのだろう。

喧騒とした中を彷徨い歩き、その中で聞こえてくる音曲も嬌声《きょうせい》も、ただ兵蔵の心を苛立たせた。やがて大門が閉まる前に、兵蔵は外へ出た。田んぼの畔《あぜ》を眺めるところに、小さな祠《ほこら》があり、その傍らに石があった。兵蔵はそこに腰かけて、何度か刀を見る。

人を斬ると血曇りがつくと聞いている。これまで一度として、人を斬ったことのない刀を見ながら、兵蔵は逸《はや》る気持ちを抑えることができずにいた。

大門が閉まり、辺りに静けさが広がった。睦月の晦日の夜ともなれば虫の声も聞こえない。寒さは思いの外、身に応え、じわじわと苛立ちが募る。

猊という男にだまされたのではないか。

そんな思いが頭を擡《もた》げた。金を巻き上げ、ありそうな話を持ち込んで、武士をだまそうという屑《くず》だったのではないか。

もしそうだとしたら、このまま田原町《たわら》のあの貧乏長屋に出向き、そのまま猊を斬ればいい。そう覚悟を決めると、再びじっと刀を手に目を凝らしていた。

するとおはぐろどぶの方から、一際派手な着物が見えた。暗闇の中でもはっきりと見ることができる。黄とも萌黄《もえぎ》ともつかぬ色である。そして、夜目にも白い顔と首が見て取れた。兵蔵はゆらりと立ち上がり、女の方へと歩み寄った。女は歩み寄る兵蔵を見つけて足を止めた。

「若旦那」

問いかけるようなその声は、甘いものではなく、淡々と夜に響いた。兵蔵は端から女郎などと口を利く気もなかった。黙って刀を抜いた。

「ああ、獏が言っていた死神さんだね」

女の声は、むしろ甘くなった。兵蔵は柄を握り直す。女は逃げる様子もなく、辺りを見回すと、ふっと笑って天を仰いだ。

「若旦那は怖気《おじけ》づいたというわけかしら」

嘲笑するようなその声は、ひどく冷たく響いた。心中する恋人を語る口調には思えぬ冷めたものだ。

「ねえ」

女は微《かす》かに鼻にかかる声で兵蔵に呼びかける。

「もしも叶うなら、私を裏切った男も斬っておくれ」

兵蔵は答えない。だが、答えなど聞かずとも女は満足したように微笑んだ。

「どのみち、あの男も生きる場所なんかないんだから」

兵蔵は黙って刀を構える。女はその刃を見ても驚く様子を見せなかった。ただ舞うように大きく両手を広げた。そして静かに目を閉じると、天を仰ぐように顔を上げた。無防備に晒《さら》されたその白い首は、夜の闇の中で光るように見え、ぞっとするほどに美しい。兵蔵はその首を凝視したまま、思わず手が震えた。

「その刀はなまくらかい」

嘲るような女の声音に、兵蔵はカッとなった。女の方に駆け寄りながら勢いをつけて刀を振り下ろした。切っ先は女の体を斜めに横切り、肉を断つ感触が兵蔵の腕に伝わった。女は首から血を散らし、その生温かい感触が兵蔵の頬を打つ。

ばさりと、女は田んぼに仰向けに倒れた。

兵蔵は刀を振り下ろした姿勢のまま、しばらく肩で息をしていた。振り下ろすまで、息を詰めていたことに気付いた。己の腕には血しぶきが飛んでいる。先ほどまで光っていた刃には血が滴《したた》っていた。

身の内から、得体の知れぬ興奮が湧きあがる。命を奪うということは、これほどまでに己を満たしてくれるものかと、目の覚めるような心地がした。

兵蔵は倒れた女を暫く見つめた。

「なかなか天晴《あっぱれ》な斬られようだ」

斬られよう……とは奇妙な言葉にも思われた。だが、この女は潔い。それが満足に繋《つな》がった。

女に背を向けて田の畔を歩きながら、抜き身の刀で空を切る。空を切っても、道場でいくら竹刀で人を打っても、あの重みはなかった。ぐっと手に力を込めて振り下ろすあの感触に、初めて己が刀を持つ意味が分かった気がした。

「見るがいい」

兵蔵は誰にともなくつぶやいた。己を見下し、嘲ってきたものたちは、一度も人を斬らずに武士だなどと名乗り、算盤勘定だけをしている。そんな屑どもに見せてやりたい。

「斬った」

兵蔵は手のひらを見つめる。

「斬った」

繰り返し言葉にして、その声が頭の芯《しん》を震わせる。

兵蔵はその声に酔うように、次第に高らかに笑った。誰もいない吉原田んぼに兵蔵の声が響いていた。


そして今、再び兵蔵は刀を腰に携える。

如月晦日の戌《いぬ》五つ。浄閑寺にて待つという男を斬りにいく。

「裏切った男を斬っておくれ」

あの女はそう言った。真正面から逃げもせずに斬られたあの女は、女としては見上げたものだと思った。それに引き替え、逃げた男は何と粗末なものだろう。

「おぬしの望みは叶えよう」

夜目にも美しいあの女の望みを叶えることは、自分にとってもはや、責務のようにも思われた。

「怯懦《きょうだ》な男でも、剣の肥やしくらいにはなろう」

兵蔵は手のひらを固く握る。この手に再び、あの重みを感じることができるかと思うと、ざわざわとした興奮が、身の内深くに滾《たぎ》っていた。

三

浄閑寺の境内は、しんと静まり返っていた。春の夜気がしっとりと肌にまとわりついてくるように感じられる。金四郎はその中を歩いた。

死んだ女郎は衣を剝《は》がされこの寺に葬られる。以前、お勝がそう言っていたことを思い出す。親族との縁も薄く、売られた女を引き取る者は少ない。無縁となった仏たちを供養するのがこの寺なのだ。

金四郎はゆっくりと歩みを進めていた。奥には、女郎たちを弔う墓標が一つ、ひっそりと建っている。その暗がりに、提灯《ちょうちん》も持たずに屈《かが》みこんでいる人影を見つけた。

金四郎が声をかけるよりも先に、人影はゆらりと立ち上がり、金四郎の方を振り返った。

「ああ、あなたが死神ですか」

金四郎は吉三郎の言葉に驚き、立ち止まる。吉三郎は金四郎の様子を気に留める様子もなく、ゆっくりと金四郎に向かって歩み寄った。

「雛菊が死んでから、あなたによく会うようになったと思っていたのです」

金四郎はようやく吉三郎の言う意味が分かった。どうやら吉三郎は金四郎のことを雛菊に雇われた人斬りだと思っているらしい。

金四郎は一つ息をついた吉三郎を見据えた。

「残念ながら、俺は死神ではありません。第一、あの夜、あなたを斬ろうとした侍から庇《かば》って逃げた俺が、どうしてあなたを殺すんです」

すると吉三郎は、ああ、と間の抜けた声を出した。

「それもそうですね」

まるで他人事のようにそう言うと、ははは、と笑った。

「あの時は、ろくろく覚悟もなくて……逃げてしまいました」

自嘲するように笑い、頭を掻く。

「あなたがここにいると聞いたから来たんです」

「何のために」

「あなたを死なせないために」

金四郎の言葉に、吉三郎はふっと冷笑にも似た笑いを漏らした。

「いや、ご無礼を。私を生かしてどうなります」

吉三郎はそう言うと、一つ大きなため息をついた。そして真っ直ぐに金四郎を見つめた。

「あなたは雛菊をご存知なのでしょう。あの女が私を心中に誘ったことも知っている。そして私がその願いを遂げられなかったことも知っている。ならば、あの雛菊の願いを叶えてやることに力を貸して下さいませんか」

吉三郎は淡々とした口調でそう言いながら、自分の手のひらを見つめる。

「私は臆病者だから、己の手で己を殺《あや》めることが上手くできなかった。だが、斬られるならば望むべくもない。しかも相手は、人を斬りたいと願っている人だという。こんな幸せなことがあるものですか」

どこか恍惚《こうこつ》としているようにさえ見える吉三郎の様子に、金四郎はぞっとするような寒気を覚え、それを振り払うように首を横に振る。

「そうはいきません」

金四郎はそう言い放ち、ぐっと一歩踏み出した。

「雛菊だけの願いならばそうでしょう。しかし、俺はお美祢《みね》さんの話も聞いてしまった。ただあなたが死ぬのを、ここで見ているわけにはいかない」

「お美祢……」

不意に出てきた許婚の名を吉三郎は口にした。だがそれは、愛しい者の名を反芻《はんすう》したというよりも、厭《いと》わしいものを思い出したかのような響きに聞こえた。吉三郎はぐっと眉間《みけん》に皺《しわ》を寄せる。

「お美祢が何を望んでいるというのです」

吉三郎の言葉に、金四郎は更に一歩、踏み込んだ。

「あなたを案じているのです。あの日、あなたの心中を止めるために火付けまでして……その思いに応えるつもりはないんですか」

「有り難がれとおっしゃるんですか」

吉三郎の声はどこか棘《とげ》があった。

「あの女が私に惚れているとでもおっしゃるんですか。それはね、違いますよ」

吉三郎は強い口調で口を開きかけた金四郎の言葉を阻《はば》んだ。

「違いますよ。あの女はね、宛がわれた万屋の若旦那が、そこそこ釣り合うと思っているだけの話です。私のことなぞ何一つ知りはしない。上っ面の薄っぺらい思いを振りかざし、恋だなんだと浮かれる小娘に、付き合う気はありません」

吉三郎の言葉は、まるで憎しみにも似ているように響いた。

「店の者だってそうだ。本当は兄が継げばよかったと心の底から思っている。私こそが死ねば良いと思っている。それに気づかず、若旦那だと浮かれていられれば、この世も極楽でしょう。しかし私は知っているんです。疎まれていることを。それでもあの人たちは、私をあの小さな店の中に閉じ込めておこうとする」

吉三郎は、もううんざりだ、と唾棄《だき》するように言った。

「守っていただくことはない。私は、生きていたくないんですから」

死にたいという吉三郎。斬りたいという瀬川兵蔵。このまま見過ごせば、二人は勝手にやり合い、明日の朝には吉三郎の死体が転がっているのだろう。

それでもいいじゃないか。

そう思う。しかし、踵《きびす》を返そうにも、その場から動くことができない。いらいらと、胃の腑の奥がざわめいた。

ここでこの男が死ぬことを認めてしまうのは、己が負けるような気がしていた。吉三郎と兄の因縁を、己と景善の因縁に重ね合わせて見ているせいかもしれない。死が逃げ道になるなどと、思いたくもなかった。

「いい加減にしやがれ。いつまでも、うだうだと御託を並べやがって」

金四郎は己の想いを振り払うように声を張り上げ、吉三郎へと歩み寄り、その襟を摑んだ。吉三郎は力なく金四郎に摑まれるままになっていた。

「てめえの人生をてめえで片付けようっていうなら、肚《はら》をくって死にやがれ。肚もくくれねえっていうなら、そんな野郎の死にざまなんざ見たくもねえ。俺は、そういう投げやりが大嫌いなんだ」

大声で口にして、金四郎は初めて己の心に気付いたような気がした。

「死ぬだけならな、武士じゃなくてもできるのさ」

南畝が言った台詞《せりふ》が脳裏を過る。

金四郎に胸倉を摑まれても尚、澱んだ目をした吉三郎に呆れて手を離すと、吉三郎はその場に崩れるように座り込んだ。金四郎は吉三郎に向かい合ってしゃがみ込む。

「生きる覚悟が、できないのかい」

金四郎がそう問いかけると、吉三郎は図星を指されたようにはっとして顔を上げた。その時初めて、金四郎は吉三郎の目の奥にある何かを見つけたように思えた。

だが次の瞬間、背筋に悪寒が走った。振り返ると、その視線の先にぎらりと光る抜き身が見えた。金四郎は思わず吉三郎を抱え込んだまま、その場に倒れ込んだ。切っ先は、金四郎と吉三郎の鼻先を掠《かす》め、すぐそばにある墓石にぶつかって火花を散らした。

「瀬川兵蔵……」

金四郎はその姿を見て、思わず名を口にした。瀬川はというと、墓石にぶつかった刃を案じるように眺め、再び刀を構えて金四郎に向き直る。

「遠山殿か。そのような町人を相手に何をしておられるのだ」

微かにせせら笑うようにそう言うと、ため息をついた。

「昨今では、武士が己の身分を忘れ、町人と馴れ合うような連中が増えている。貴殿もまた、そうした類か」

金四郎は反駁《はんばく》をしようにも、何から言っていいのか分からずに絶句する。恐らく、金四郎のような生き方を、この瀬川は永遠に分からないだろう。何を言っても無駄なのだということだけが分かった。

金四郎は吉三郎を背に庇いながら、ゆっくりと後じさり、腰の刀の鯉口を斬る。

「遠山殿、貴殿に用はない。私はただ、そこの男を斬りに来たのだ」

暗がりの中、吉三郎が取り落とした提灯のわずかな明かりに照らされて、瀬川の眼がギラギラと光を放って見えた。

「斬って、何とする」

金四郎は問いかける。瀬川はそれには答えず、じりじりと間合いを詰めてくる。

「町人と見下す者を斬って、何とする」

金四郎は再び言葉を重ねた。だが、瀬川の眼はさながら獲物を見つけた鷹《たか》のように、狙いを吉三郎の首筋だけに向けている。

「あなたの名にも傷がつこう」

金四郎が言うと、ふと我に返ったように金四郎を見た。そして、くっと喉の奥を鳴らすような笑い声を漏らした。

「名など端からないわ。父の名はとうの昔に賄賂同心と呼ばれ汚され、傷にも泥にも塗《まみ》れておるのは、貴殿もご存知であろう。私は無役で名などない。今更、傷つくものもない。武士と生まれながら、一生、人を斬ることも闘うこともなく、書物や算盤を相手に終わるなど、空しいことこの上なかろう。貴殿もそういうなまくらな武士の一人であろうが」

嘲笑を浮かべると、間合いを詰めた。金四郎は、吉三郎を背に庇い一歩を下がろうとする。だが、後ろの吉三郎が足を踏みしめているのか、全く動く気配がない。振り向くと、さながら忘我したように吉三郎はそこに立ち尽くしていた。

「吉三郎さん」

声をかけられて我に返るも、吉三郎は慌てるそぶりを見せずにいた。

「ほら。何よりその男が死にたがっているではないか」

瀬川は勝ち誇ったように言う。

「これ以上、邪魔立てなされば、貴殿も斬る。これは憐れな女の頼みである」

瀬川が上段に刀を振りかぶった。金四郎はその動きに合わせ、刀を抜き放ち、振り下ろされた刀を辛うじて受け止めた。刀がぶつかりあい、高い音が墓場に響く。

瀬川は殺気に満ちた目で金四郎を睨み、間髪を入れず、何度も振り上げる。金四郎は真剣を振るう己に、眩暈《めまい》すら覚えていた。手もしびれ始めた。だが、不意に瀬川の額に浮かぶ汗を見た時、我に返った。合わせた刀越しに瀬川を見ると、瀬川は苛立ったように眉を寄せる。

「余計なことを」

瀬川は舌打ちしながら吐き捨てた。金四郎はその顔を凝視する。

「女の頼みとは笑わせる。その女を殺したのは誰だってんだ」

金四郎はグッと足を踏み込み、瀬川をはねのけた。瀬川は数歩、たたらを踏んで後ろに下がる。

「武士が算盤勘定やって何が悪い。書物を読んで何が悪い。刀だけに己を乗っけて生きてるなんざ、とんだ野暮侍だ」

「貴様、愚弄《ぐろう》する気か」

瀬川が唸《うな》るように言い、噛みしめた歯の音までこちらに響いた。カッと目を見開くその目が血走るのを見て、金四郎は刀を握り直した。

「ああ、何度でも言ってやる。丸腰の女を一人斬ったくらいで武士だなんだとほざく野郎は、ただの腰抜けだ。肚据えて算盤弾《はじ》いてる方が、余程、お上の役に立つさ。本筋を取り違えていやがるんだよ。てめえが武士じゃないのは、人を斬らないからじゃない。てめえの性根が腐ってるからだ」

金四郎はそう言いながら、グッと腰を落とした。頭に血が上った瀬川はそのままの勢いで刀を振り上げた。金四郎はその胴に目がけて、刀を払おうとした、その瞬間、不意に金四郎の目の前に人影が飛び出した。

血しぶきが頬を打つ。

金四郎は呆気にとられてその様を見ていた。

「吉三郎……」

金四郎の目の前には、吉三郎が立っていた。刀はその吉三郎の肩先をかすめ、振り下ろされていた。瀬川もまた、思いがけず飛び込んできた吉三郎の姿に、驚いたように目を見開いていた。

金四郎は咄嗟に刀の柄を返して、勢いをつけて瀬川のみぞおちを打ちつけた。瀬川の体勢が崩れかけた瞬間、金四郎は瀬川の右腕の腱《けん》を目がけて刀を振るった。

「うっ」

という呻きと共に、刀はカランと音を立てて落ちた。慌てた瀬川が刀に駆け寄ろうとするのを見て、金四郎は足を伸ばして瀬川の脛《すね》を蹴った。瀬川はそのまま膝を折ってその場に座り込んだ。

金四郎は瀬川の刀を踏みつけ、己の刀の切っ先を瀬川の首筋に突き付ける。

「俺の勝ちだ」

金四郎の言葉に、瀬川はぎょろりと目を向ける。

「斬りたくば斬るがいい」

瀬川は、満面の悔しさを浮かべながら言い放つ。金四郎はその瀬川を見下ろしながら、鼻で笑った。

「野暮侍なぞ誰が斬るか」

そう言ってふと視線を巡らせると、寺の門の辺りが騒がしくなった。

「金」

聞きなれた国貞の声がして、その後ろに、捕り手の影が見えた。

「どうするつもりだ」

「番屋に突き出す」

金四郎の言葉に、瀬川は呆気にとられたように目を見開いた。そして、次の瞬間高らかな笑い声を上げた。

「そんなことで、私が咎《とが》めを受けるとでも」

嘲笑を響かせる。金四郎はカッとなったが、それを抑えて刀を納めた。駆けつけた町役人が瀬川に群がる。

「金、大丈夫か」

国貞が案じるように駆け寄る。

「はい、俺は。それより吉三郎さんが」

金四郎は踵を返し、吉三郎の傍らに歩み寄る。吉三郎は、墓石に寄りかかったまま、肩から血を流していた。傷は浅くないが、幸い急所は外れていた。

「吉三郎さん」

金四郎は吉三郎に歩み寄る。国貞が差し出した手ぬぐいで、肩を覆いながらその顔を覗くと、痛みからか顔は蒼白で、肩で息をしていた。

「吉三郎さん」

金四郎の声に、うっすらと目を開ける。

「何だって、あんな真似《まね》を」

金四郎が言うと吉三郎は口の端に笑みを浮かべた。そして、手当をしようとする金四郎の手を摑んで止めた。

「放っておいてください。このままここで死ねたのなら、雛菊の思い描いたものとは違うにせよ、後追い心中のように見えるでしょう」

浄閑寺の境内、女郎を弔う墓石の前で、男が一人で死んでいればそう見えるかもしれない。

「そのために飛び込んで来たんですか」

金四郎が問うと、吉三郎はふっと笑う。

「あなたの言う通りですよ。私は、死ぬ覚悟も生きる覚悟もできちゃいない。それであの雛菊を巻き込んでしまったのだから、相応の報いを受けるべきなんです。あの人斬りと同じように」

　吉三郎の視線の先に、町役人に引っ立てられていく瀬川の姿が見えた。金四郎は吉三郎の手を振り払い、手ぬぐいで強くその傷を結ぶ。痛みに吉三郎が顔を歪める。

「これくらいの痛みで騒いでいる奴が、死ねるもんかい」

　金四郎は、そう言って軽く笑って見せる。吉三郎は顔色を失ったまま、答えを求めるように金四郎を見た。

「どうしても死なせてはもらえないのですか」

　繰り言をする吉三郎に、金四郎は苛立った。

「死にたがりのあんたにとって、報いとやらは生きることなんじゃないのかい」

　金四郎の言葉に、吉三郎は不安げに顔を歪め、不意に力が抜けたように、そのままその場で気を失った。

「ちょっと、吉三郎さん」

　金四郎が声を上げると、町役人と話していた国貞が駆け寄って来た。

「おい、若旦那」

国貞は吉三郎の頬を遠慮なく叩くが、吉三郎は目を開けない。ため息交じりに立ち上がる。

「背負っていくか」

国貞はそう言って、金四郎の肩を叩く。

「俺がですか」

「俺は絵描きだ。腕を痺《しび》れさせれば、あんたのところの仕事が滞るぜ」

「俺も笛方ですから」

「どうせ笛なんか吹かねえくせに。大丈夫だ。番屋で台車か戸板を借りてやるから。そこまでな」

金四郎は大きくため息をつくと、吉三郎を背負った。国貞は、先に行くと言って番屋へ走った。

浄閑寺を出て、ゆっくりと歩く。

先ほど、瀬川が構える白刃と真正面で向き合った時、思わず身が竦《すく》む思いがした。刀は幼い頃から身近にあったというのに、情けないものだと思った。

そしてあの日、田んぼで倒れていた雛菊のことを思い出した。真正面から袈裟懸《けさが》けに斬られていた雛菊は、白刃を前にして一歩も退かなかったのだろう。

「強いな……」

片や自分の背中にいる吉三郎を思う。

自分で死ぬことも叶わず、最初に瀬川に狙われた時は、金四郎と共に町の中を逃げ回り、ここへ来てもまた、金四郎に庇われた。最後の最後で金四郎の前に飛び出してきたが、あれとて成り行き任せに見える。

「あんたとあの女とじゃ、覚悟が違う。死んでも違う浄土に行っちまうよ」

何と奇妙な心中だったことかと、今更ながら思いつつ、月のない夜を歩いていた。

第五章

一

弥生《やよい》の三日。

咲き初《そ》めた桜の花びらが、どこからともなく空を舞っていた。

室町にある万屋《よろずや》の奥座敷にも、暖かい春の日が差し込んでいた。縁からは、色とりどりの花が咲き始める美しい庭が望めた。

金四郎は通された奥座敷で、半身を起こして床につく吉三郎の傍らにあった。

「きれいな庭ですね」

話に困り、金四郎は思わずそう言った。横になった吉三郎はぼんやりと空を眺めて、

「ええ」

とだけ答えた。

店の者は、見舞いに訪れた金四郎を、奥座敷へと導くと、そそくさと店へと戻った。

金四郎は、吉三郎と二人きりの沈黙の中で、あの夜のことを思い出した。

あの日、国貞と共に戸板で店へ送り届けると、女将《おかみ》である吉三郎の母、お兼は、絶叫していた。

「どういうことなの、吉三郎。何があったの」

喚《わめ》き散らし、金四郎を睨《にら》んだ。

「あんた、どこのもんだい。吉三郎が死んだ日には、許さないからね」

啖呵《たんか》を切った。その声にうっすらと目を開けた吉三郎は、戸板の上に軽く身を起こした。

「大丈夫かい、吉三郎。可哀想《かわいそう》に」

お兼は吉三郎の元に駆け寄る。吉三郎はそのお兼から顔を逸らすようにして、再び戸板に横たわり、眼を閉じた。

金四郎はそれを見て苛立《いらだ》った。

「吉三郎さん、あんた、いつまでそうやって、眼を閉じているつもりだい」

金四郎の声に、吉三郎の瞼《まぶた》が小さく動く。

「そうやっている限り、あんたはまた、今日みたいに中途半端な真似《まね》をすることになるんじゃないのかい。死ぬも生きるも人任せな投げやりをして、また人を傷つける羽目になる。報いを受けるんじゃなかったのかい」

吉三郎は、ぐっと眉根《まゆね》に力を込めた。すると吉三郎に縋るお兼は金四郎を睨む。

「何を言っているんだい、あんたは。どこの者だか知らないが、話はきっちりつけさせてもらうよ。うちの大事な若旦那なんだからね」

「いい加減にしてくれ」

声を張ったのは吉三郎だった。お兼は驚いたように手を止めたが、すぐに怒りに顔を歪《ゆが》めた。

「いい加減にしてほしいのはこっちだよ。せっかく若旦那にしてやったっていうのに、腑抜《ふぬ》けのままで。少しは私の役に立とうと思わないのかい」

吉三郎は再び戸板に横になると、眼を閉じる。だが、口は閉じなかった。

「あんたの役に立ちたくないから、働かないのさ。あんたの得になることなんぞ、金輪際したくない」

「それが、親に対する口かい」

怒鳴り上げるお兼は、更に戸板に詰め寄るが、主の次郎八《じろはち》がそれを止めた。吉三郎は戸板の上で再び身を起こし、お兼を睨む。

「そうさ。あんたみたいな母親だから、俺は居《い》た堪《たま》れない。これで俺が、跡を継いだら、太一郎兄さんに申し訳がない」

「何を言っているんだい。太一郎は死んだじゃないか」

「ああ、あんたのせいでね」

吉三郎はそう言い放ちながら、身を起こして戸板から転がり落ちた。金四郎が支え起こそうとするが、吉三郎はそれを拒み、そこに座り込んでいる。

その頃には、店の手代や女中も騒ぎを聞いて店先まで来ていた。その中には、いつぞや深川の茶屋でもめていた佐吉の姿もあった。

吉三郎は肩先の傷から血を滲《にじ》ませながら、声を張り上げた。

「この店の連中はみんな知っている。あんたが、太一郎兄さんを疎んじていたこと。そして、死ぬかもしれないと知りながら、雪の日に御用に出したこと。その罪過を背負ったまま若旦那になんぞなれるものか。店の連中も世間も許しはしない」

お兼は頰《ほお》を引きつらせて、今度は店の面々を振り返る。

「誰だい、そんな根も葉もないことを言っているのは。旦那様だって承知しやしないよ。ねえ、旦那様」

お兼はそう言って次郎八を見る。次郎八はお兼の視線に戸惑いながら、吉三郎を見る。吉三郎は膝をついたまま、真《ま》っ直《す》ぐに次郎八を見上げた。

「お父さん、あなたもご存知のはずだ。ご存知でありながら、この女を許してきた。

それではもう、立ちゆかないんです」

吉三郎はそのまま両手をついて頭を下げた。

「いっそ、私を追い出してください。この女を連れて出て行きますから」

吉三郎の言葉に、お兼は顔色を変える。

「何を言い出すんだい、あんたは」

お兼は蹲《うずくま》る吉三郎の背を叩こうと手を振り上げた。次郎八はその手を摑《つか》んで止める。

「いい加減にしろ」

次郎八の怒鳴り声にお兼は驚いたように目を見開いたまま、そこに立ち尽くしていた。

「お前一人で、この店を出なさい」

「あんた……」

「目黒にある寮で暮らしなさい。お前に女将はつとまらない」

次郎八はそう言い放つと、肩で大きく息をする。次いで蹲る吉三郎を起こした。

「お前は、ここに留まりなさい」

吉三郎は驚いた様子で次郎八を眺めた。次郎八はそれだけを言うと、改めて金四郎と国貞に向き直った。

「お手数をおかけいたしました。家の恥を晒《さら》しまして、失礼を」

大店《おおだな》の主らしく、丁寧に頭を下げた。そして、それ以上は関わってくれるなとばかりに、次郎八は吉三郎を抱えて店の中へと入って行った。お兼もそれを追って入り、閉ざされた戸の中からは、暫《しばら》くお兼の怒鳴る声がしていたが、金四郎と国貞は、それを背に帰途についた。

「あれからお母様はどうなさいました」

出された茶を啜《すす》りながら、金四郎は沈黙に堪《た》えかねて問いかけた。吉三郎は軽く目を伏せる。

「あの夜は、お騒がせを」

その口調は淡々としていたが、落ち着いているように聞こえた。

「母は、父の言う通りに、目黒の寮に越しました。離縁するわけではなく、女将として店に関わることを止めさせるためなので、暮らし向きには困りますまい」

「そうですか」

金四郎が言うと、吉三郎は目を伏せる。

その時、廊下を渡る足音がして、ふと芳《かんば》しい花の香りがした。

「まあ、いつぞやの」

明るい声がして、見るとそこには久野屋の美祢が立っていた。手には春らしい花々を活《い》けた花瓶を持っていた。

「奥で活けて参りました」

美祢はそう言って吉三郎に笑いかけ、それを縁側に置いて、金四郎に向き直る。美祢は指を揃えて頭を下げた。

「吉三郎さんをお助け下さいまして、ありがとうございました」

「いえ。手傷を負わせて申し訳ない」

金四郎が言うと、吉三郎は唇を嚙んだ。

「あなたが謝ることではありません」

金四郎は、はあ、と曖昧に頷く。そして吉三郎はそのまま、美祢に向き直る。

「あなたが、私のことで礼を言うのもおかしいのです」

美祢はそれを聞こえないように振る舞う。

「お美祢さんは、あなたを案じていらしたんですよ」

金四郎が言うと、吉三郎は頷いた。

「知っています。しかしもう、あなたは私に関わらなくていい」

美祢はすっと背筋を伸ばして、今度は真っ直ぐに吉三郎を見据えた。

「あなたは分かっていらっしゃらない」

美祢ははっきりとした口調で言い放つ。

「久野屋の娘は、万屋吉三郎に嫁ぐという話は、もうみなの知るところです。今更あなたのわがままを通すわけには参りません。お店の信用に関わるということを、あなたは分かっていらっしゃらない」

吉三郎はその言葉に、ふっと皮肉な笑みを浮かべる。

「私が女郎の墓の前で刃傷沙汰を起こしたことも、既に知られていますけど……」

美祢は頬を紅潮させ、拳で吉三郎の肩を叩く。傷に障るからと金四郎は慌てて止めようとしたが、美祢はその金四郎を振り払い、頑是《がんぜ》ない子供のように、吉三郎を叩いた。吉三郎は叩かれるままになっている。やがて、美祢は肩で大きく息をした。

「お美祢さん……」

金四郎が声をかけるが、美祢は唇を噛みしめて再び吉三郎を見据える。

「あなたは分かっていない」

言い置いて、部屋を飛び出していった。

金四郎はその背を見送り、吉三郎を見る。吉三郎は叩かれたところをなでさすりつつ、ただ、そこにいた。

「どうして私を助けたんです」

吉三郎は膝にかけられた布団をギュッと強く握る。

「あのまま捨て置いて下されば、私は死ねたかもしれないのに」

苛立ったように言う吉三郎を見ながら、いつか、国貞がこの吉三郎を幽霊のような男だと言っていたのを思い出す。たゆたう怨念《おんねん》のようなものを糧《かて》に生きていると言っていた。しかし今はあの時よりも生きる気力はあるように思われた。

「吉三郎さんには、生きる覚悟はないけれど、生きる欲はあるように見えたので。違いますか」

金四郎の問いかけに、吉三郎は首を傾げた。

「分かりません。私はあの武家と同じように、雛菊の死に責がある。それを背負ったままで、あの母の仕立てた嫁を娶《めと》って店を継いでいく覚悟なぞできはしない」

吉三郎はそう言うと、金四郎の言葉を拒むように横になる。

「すみません、傷が痛むので」

金四郎はそれ以上の言葉を紡ぐことができず、静かに部屋を出た。

廊下を渡っていくと部屋の少し先に、縁の柱に寄りかかるように立っている美祢がいた。金四郎は、その背にゆっくりと歩み寄る。美祢は、金四郎の気配に肩をびくりとふるわせる。

「お美祢さん」

美祢は、その声にゆっくりと振り返る。金四郎は、声をかけたのはよいものの、何を話していいか分からずに黙った。聞きたいこと、話したいことがあったような気がしたのだが、声にならなかった。

沈黙を破ったのは、美祢だった。

「卯月《うづき》に、婚礼をあげる運びと相成りました」

金四郎は、その言葉に美祢の顔を見る。うつむきがちな横顔に、かつては見なかった翳《かげ》りのようなものを見つけて、金四郎は目を伏せた。

「おめでとうございますと、申し上げてよろしいのですか」

「はい」

美祢の声には揺らぎはなかった。

美祢は、いつでも揺らがなかった。吉三郎が心中するのを止めるために、小僧に火を付けさせたときも。そのやり方は極端にすぎたが、それでも美祢の心には、はっきりと筋が通っていた。

「どうしてそこまでなさるんです」

金四郎は思わず問いかけた。美祢は、くるりと金四郎のほうへ向き直る。

「世間への信用を欠けば、私たち商人は潰《つぶ》れます」

過日の、心中し損ねた二人の店の末路を見れば、それは明白だった。風評は大きな打撃を与えていく。

「私は幼いころより叩き込まれて生きてきました。でも、吉三郎さまは、そうではない。跡を継ぐということは、店のものの命をも預かることだと分かっていない」

美祢は抑えた口調で更に続けた。

「世間の目というものがあるのです。それが商人なのです」

金四郎は、力の入った美祢の肩先を眺めた。

「あなたが分かっていないと言ったのは、そんなことではないのでは」

「では、何だとおっしゃるんですか」

金四郎は軽く首を傾《かし》げ、苦笑を漏らした。

「言うのも野暮ですが」

金四郎はそこまで言って言葉を止めた。美祢は唇を嚙みしめ、暫く黙る。そして勢いをつけて顔を上げると、微笑んで見せた。

「ほんに野暮ですこと。ここで私が惚れた妬みだと言ったところで、あのお人には届かない。ならば世間のせいにして、私は肚をくるんです」

だから、あの人しかいないのです、と、美祢は強い口調で繰り返した。

「強いですね」

「さあ、どうでしょう」

美祢は、苦笑する。

「知らないことばかりです。嫁ぐことも、商いのことも、吉三郎さまのことも」

そう言って再び笑う。そこには、小町娘としての盛りの翳りと共に、妻となる自信のようなものもあるように見えた。


万屋を出たその足で、金四郎は源八のいる髪結床へと向かった。

店には、客が三人ほど、順番を待ちながら、将棋をさしていた。

源八は、金四郎を見るなり何かを言おうとしたが、手元で客の髻《もとどり》を結っており、話そうにも近寄ることもできない。金四郎は、やむなく順番を待つことにした。

すると、そこへ同心の矢口がひょいと顔を覗《のぞ》かせた。

「金さん、ちょっと」

矢口は金四郎を手招いた。源八に後で、と一言かけて店を出てから矢口と並んで歩く。矢口は何かを言おうとして渋っているような、妙な顔をした。そして茶屋の床几に二人で並んで座った。

「晦日《みそか》の話を知っていますか」

金四郎が問いかけると、矢口は、ああ、と言ったきり、黙った。

あの如月《きさらぎ》晦日の晩、国貞に連れられてかけつけた番屋の町役人は、取り急ぎ瀬川を取り押さえたものの、刀を持った金四郎も調べる必要があると言い、番屋に連れていかれた。

しかしながら町役人は、役人とは名ばかりで、町人が町で起きたことを取りまとめるための役割に過ぎない。武士が相手となると、番屋ではらちが明かないので、二人は同心に引き渡された。

取り調べを受けた金四郎は、自分が森田座の笛方であると名乗ったが、当然ながら刀について問い詰められた。

「森田座の笛方ならば、刀の出所はどこなのか」

と、詰問された。金四郎は遠山の名を出すのを躊躇《ちゅうちょ》していたが、仕方なく事情を説明した。旗本の子だと知るなり同心は手のひらを返した。

「事の次第は重々分かりました。あの瀬川という浪人についてはきちんとこちらで調べます。早々にお帰りください」

斬り合いに至った動機もほどほどに、同心は慇懃《いんぎん》な態度で関わり合いになるのを避けるように、追い出された。

その結果、瀬川がどのような取り調べを受け、どう裁かれたのかについては、知ることができずにいた。

「瀬川はどうなるんです」

武士に科せられる罰は、同心が捕り物をし、与力が取り調べ、その結果を町奉行所が裁定する。お白州と呼ばれる裁きの場に出ればいずれかの刑が決まるはずだった。

矢口の上役にあたる吟味与力が、瀬川兵蔵を取り調べたのだという。

「お咎《とが》めは、なしだ」

矢口は、苦いものでも口に含んだように、微《かす》かに顔を歪《ゆが》めながら言った。

「お咎め、なしですか」

あったとしても逼塞くらいだろうと、金四郎も思っていたが、罪にすらならないとは、思っていなかった。

「お前さんが話した女郎殺しと吉三郎への乱暴をきちんと取り調べたという。だが、相手は、女郎と町人で、瀬川は武士だ」

矢口は、仕方ないな、とつぶやくように言った。

「理由は真っ当だったというのが、吟味与力の話だ」

瀬川は、あの睦月の晦日、吉原にある知人の元に用事があったと話したという。

その家を出ると、おはぐろどぶを越えてきた女郎に出くわした。足抜けは大罪だから戻れと言ったが聞かなかったので、斬った。

そして、如月の晦日。その女を斬ったことは致し方ないとしても、さすがに哀れに思い、一月《ひとつき》後の如月の晦日に浄閑寺に弔いに出向いた。その場にいた男が、浄閑寺に参りに来た自分を揶揄《やゆ》したので、無礼討ちにしようとしたところ、間に入った金四郎と斬り合いになった。そう話しているという。

金四郎は、目を剝《む》いた。

「あの男は、人を斬ってみたくて斬ったんですよ。金まで払って。無礼討ちなどではない」

矢口は苦笑した。

「口入れ人の獏という男についてだが、元より、調べるつもりはないそうだ」

「なぜ」

「そんな男のことは、知らないと、瀬川は言っていたからだ」

「当然でしょう。奴が認めるはずもない」

「ならば、そこで終わりだ」

矢口は、自嘲《じちょう》するように笑った。金四郎はさらに言葉を継ごうとしたが、何も言えずに黙り込む。

町奉行所は時には拷問《ごうもん》してでも罪状を吐かせる。自白さえすれば、その時点で罪は決まる。だが、そこまでするのは、火付け、強盗、殺しの類《たぐい》だ。今回も殺しには違いないが、相手は、女郎である。

妓楼の遣《や》り手《て》や男衆《おとこし》が、足抜けや間夫《まぶ》狂いの女郎を殺してしまうこともある。それらは吉原の掟《おきて》として、奉行所は知らぬ存ぜぬを貫く。

「女郎は人ですらなく、畜生道に堕《お》ちたというのが決まりだろう」

矢口は、苦々しげにそう言った。金四郎も、返す言葉をなくしていた。

つい先ごろまで武士の娘であったとしても、一度、吉原の大門をくぐれば、その後は畜生なのだというのが、吉原の決まり。

「女郎は女郎だ」

その台詞をここ数日で何度聞いたことか。

金四郎は、ゆっくりと立ち上がる。

「金さん」

矢口は、後を追うように立ち上がった。金四郎は、振り返る。

「どうしようもないってこともあるんだぜ」

矢口の言葉に、金四郎は一瞬、息を呑み、それから微笑んでみせた。

「分かってますよ」

そう言って、金四郎は、矢口に手を振った。そして、歩き始めた。歩きながら、鼓動が速くなるのを感じ、強く拳を握りしめた。

行く先は、八丁堀だった。

二

八丁堀にある瀬川兵蔵の屋敷は、愛宕《あたご》の遠山の屋敷に比べると、甚だ小さかった。

木戸門の前に立ち、金四郎は、声を張り上げた。

「御免」

中から、そそくさと小者の中年男が顔を覗《のぞ》かせる。

「どちらさまで」

「過日、瀬川兵蔵殿と道場にてお手合わせさせていただきました、遠山金四郎と申します。このたび、兵蔵殿がお怪我をされたとうかがいましたので、お見舞いを」

金四郎はそう言うと、片手に持っていた酒徳利《さかどっくり》を掲げて見せた。小者は、木戸門に駆け寄り、門を開け、金四郎は中へ招き入れられた。

通された座敷からは縁が望めた。瀬川兵蔵は、その縁側に腰掛けて庭木を眺めていた。

その庭は、昨日見舞った万屋のそれよりも遥かに小さい。手入れもされておらず、荒れた庭には、小さな梅の木が一本、立っているだけで質素な様子だった。

日ごろは、長屋暮らしをしているということだったが、八丁堀の父が、今回のことで家に連れ戻しているのだと聞いている。

瀬川は金四郎の訪れにも振り返る様子もなく、そこに座っていた。腕にはさらしが巻かれており、肩先をいからせていることから、金四郎が来ていることは察しているらしい。金四郎は何と声をかけるか迷い、暫くその場に立ち尽くしていた。やがて瀬川は振り返り、くっと喉の奥を鳴らすような笑いを漏らした。

「罰は、下らなかったぞ」

金四郎を嘲るように言った。

「それはあんたが嘘を言うからだろう」

瀬川は再び、声を出さずに笑う。

「嘘など申すものか。ただ事実を述べたまで。あの夜、吉原田んぼで足抜けした女郎を斬ったとな。物分かりのいい与力は、いずれも咎めるに及ばぬと言っていた」

「違うだろう」

金四郎はグッと拳を握りしめた。

「あんたは、金を払って殺したんだ。雛菊を」

足を一歩前へ踏み出し、瀬川に迫る。

「あんたは、口入れ人の獏という男に大枚をはたいて、人を斬らせて欲しいと頼んだ。人を斬りたくて斬ったのだ」

瀬川は片方の口の端だけを持ち上げて、歪《いびつ》に笑った。

「ならば猶更《なおさら》、責められる謂《いわ》れはない。死にたがっている女を斬った。そのために金まで払っている。ならばこれは殺しですらあるまい。女郎を買うのと同じことと」

「買う……と」

金四郎はカッと頭に血が上るのを覚えた。瀬川はそれを愉快そうに眺めやる。

「気に入らぬなら頼まれごとでも言い直そうか。それで咎めを受けるなら、介錯人はみな咎めを受けるのか」

「そういう話ではない。あんたはなぜ、そんなに人を斬りたがる」

金四郎の言葉を、瀬川は冷めた目で聞き、大きなため息をつく。

「あの女と貴様がどのような間柄かは知らん。だが、あの女の仇《あだ》をとるつもりだとしたら、私を付け狙うのは見当違いだ」

金四郎は苛立ちながら、それを宥《なだ》めるように一つ息をしてから瀬川を見据えた。

「俺は殺しの下手人を追っていたのだ。そしてそれは、あんたに違いない」

「ああ、確かにこの手で女を斬った。女の望み通りにね。そしてもう一人、女の望む通りにあの町人を斬るはずが、貴様に邪魔立てされたのだ」

瀬川は、金四郎を睨む。その目は光を帯びてさながら蛇のように見えた。

「咎《とが》があるのは貴様の方だ。女の望みを断ったのは、貴様があの町人を庇ったことにある」

　再び余裕のある笑みを浮かべると、金四郎を値踏みするように眺めた。

「与力が言うには、貴様は旗本の子だとか」

　瀬川は唸るようにそう言った。その言葉にいくばくかの妬《ねた》みの音を聞き取って、金四郎は不快さに顔を歪めた。

「だとしたら何だ」

「とはいえ、同じく無役の身。貴様とて手持無沙汰《てもちぶさた》でうろついている無頼《ぶらい》ではないか」

　金四郎は、自分の頬が引きつるのを覚えて拳を握りしめる。

「違う……」

「私と貴様と何が違う。武士の子として生まれながら、武士としては生きられぬ。死にたい女郎を斬った私と、下手人だといって役人面して私を捕えた貴様と、何も違いはしない」

　金四郎は浴びせられる悪意の言葉に、奥歯を噛みしめた。ここで怒鳴ったところで、己が空しくなるように思われた。幾ら言葉を重ねても、この男は雛菊《あや》を殺めたことを罪とも思わぬことはよく分かった。そして、次第にこの男の言う通り、己の方が間違っていたのではないかとさえ思えてきた。

金四郎は何も言う言葉を見つけられないままこの男から離れようとした。

「待たれよ」

瀬川は金四郎を呼び止めた。金四郎は黙って瀬川を見やる。瀬川はさらしの巻かれた腕を突き出して見せる。

「このような傷を負わせたくらいで、勝ったなどと思うなよ」

「は」

金四郎は思わず問い返す。瀬川は苛立ったように言葉を重ねた。

「貴様の切っ先が、この腕に当たったのは、あの町人が割り込んで来たゆえのまぐれ。改めて勝負すれば、貴様など打ち負かしてくれよう」

金四郎はその言葉を聞いて、しばらく黙っていた。やがて顔を上げた。

「吉三郎さんがいなければ、俺の刃はあんたの腹を裂いていたかもしれない。命拾いしたな」

金四郎は捨て台詞のように言い残して踵を返した。

「次は負けぬ」

瀬川の声が背中を追いかけてきたが、金四郎はそれを振り払うように瀬川の家を出た。

八丁堀から、ひたすらに足元だけを睨んで歩いていた。木挽町へと向かう中ノ橋に差し掛かった頃、不意にぽつりと冷たい雫《しずく》が首筋に当たり、金四郎は自分が俯いていたことに気付いた。

見上げると、一面の曇天で、雨が降り始めていた。慌ただしく駆けて行く人の波の只中にありながら、金四郎は走ることもせず、橋の欄干に凭《もた》れて川の水面を眺め、無数の雫が水紋を描くさまを見つめる。

「何をしていたんだ、俺は」

金四郎は思わずため息と共に呟いた。

跡取りなくして潰れる武家があるのは知っていた。それによって売られる娘がいることも知っていた。食い詰めた浪人が罪に手を染めることがあるのも知っていた。

だが、知っていただけだった。目にすることはなかったし、関わることもなかった。

金四郎は天を仰ぐ。雨は次第に雨足を速める。顔に雨が当たるのがいっそ心地いい。血の上った頭を冷やしてくれる。

「何をやっていたんだ、俺は」

もう一度、呟いた。

罪は、裁かれるものだと信じていたのだ。不正は正されるはずなのだと信じていたのだ。人を殺めた罪は、いずれ相応の報いを受ける。そうあるべきだと頑《かたく》なに思い、そしてそれがこの世の仕組みと思っていた。

今はそんな風に信じていた自分の愚かしさが身に染みた。世の中の真ん中に、突然ぱっくりと大きな暗い穴が口を開けて広がったように思われた。その穴は、決して遠くで開いているのではない。吉三郎が店の跡取りという軋轢《あつれき》の中で心を病んでいったことも分かる。兵蔵が、武士の誇りにこだわるあまり、道を外していったことも分かる。金四郎にとって、その暗い穴はほんの一歩先に開いているものなのだ。

雨は絶えず、金四郎の体を打っている。春雨の冷たさに身を震わせ、ようやくゆっくりと歩きはじめた。その足はまるで雲を踏んでいるかのように不確かだ。

その時ふと、脳裏に雛菊の顔が浮かんだ。あの夜、自分の隣に座っていた雛菊の姿が過《よぎ》った。微笑む顔や、身じろぎしたときの香の匂い。左肩に触れる微かな熱。それがどっと流れ込んで来た時、近くの路地の軒先に駆け込み、その壁に背中を預け目を閉じた。

すると今度は瞼の裏に、戸板に乗せられて運ばれた、青い顔をした雛菊の姿が映る。

ああ、あの女が死んだのだ。そしてそれが口惜しくて、悲しくてならないのだと、初めて気づいた。

金四郎はそのまま壁に背を預けたままで座り込む。

「何をしているんだ、俺は」

同じ言葉を何度も繰り返しながら、みぞおちに石の塊を抱えたような重い痛みが、いつまでもとれなかった。

三

弥生五日、森田座の「祇園祭礼信仰記」の興行が始まった。

客席は満員御礼だった。

金四郎は、その日、南畝のお供として桟敷《さじき》席に座って舞台を見詰めていた。

ざわめく客席は、幕開けを告げる拍子木とともに静まり始める。辺りを裂くような利助の笛が響いた。仄《ほの》かな明かりに照らされる舞台上の役者たちは、まるで異世界にいるように見えた。

中山亀三郎が演じる雪姫の白い肌は、可憐《かれん》で美しい女そのもの。そして、悪役である松永大膳役を演じる市ノ川市蔵は、悪役ならではの色気と覇気を感じさせ、客席からは歓声が上がっていた。

金四郎は、その歓声を聞きながらふと、雛菊が骸《むくろ》で見つかる前に、雛菊と話していたことを思い出した。

あの日、南畝はいつにもまして機嫌が良く、稲本屋の三雲太夫を呼び出して、茶屋に上げた。やがて大盤振る舞いを始めた南畝は、花魁《おいらん》をできるだけ呼べと騒ぎ、座敷には、花魁と芸者が七人も集まり、まさに大宴会の様相を呈していた。

「金四郎。今日はお前は芸者なんだから、かっぽれの一つも踊れよ」

南畝に唆《そその》かされた金四郎は、戸惑う間もなく芸者に腕を引かれた。金四郎は、見よう見まねで、住吉踊りを舞い始める。

「かっぽれ、かっぽれ、甘茶でかっぽれ」

芸者の三味線が鳴り、南畝も、花魁たちも、声を合わせて囃子《はやし》を唄《うた》い、狂騒が続いていく。

踊り終えた金四郎は酔いが回って、窓辺に座り込んだ。こういう宴は好きだが、少し離れて眺めるのが心地よい。

窓の外には、真っ暗な夜の帳《とばり》が下りていた。

金四郎は風に当たり、朦朧《もうろう》としたまま、はしゃぐ南畝たちを見ていた。そのとき、自分と同じように少し宴から身を引いて、金四郎の隣に座り込んでいる花魁の姿を見た。金四郎は、その女のすっきりと美しい横顔をしばらくじっと見詰めていた。視線に気付いた花魁が、ゆっくりと金四郎を振り返った。

「先生のお弟子さんでありんすか」

花魁は、静かに言った。

「いいえ。俺は、森田座の笛方で、金四郎といいます」

金四郎は、そう名乗る。するとその花魁は、ついと、金四郎に手を伸ばした。金四郎がその手の行方を見詰めると、それは金四郎の頰に軽く触れた。金四郎は、その仕草にしばし固まったままだった。花魁はふと笑うと、その手についた紅を金四郎に示して見せた。

さきほど、芸者の一人が、ふざけて金四郎の頰に口づけた紅の跡だった。金四郎は、慌ててそれを手で拭《ぬぐ》った。そのさまを見て、花魁はふっと笑った。

「雛菊でありんす」

「あ、はい」

金四郎は、雛菊に向かって頭を下げた。雛菊は、その金四郎を見て、さもおかしそうに口元を覆いながら笑う。そして笑いを収めると、静かに問いかけた。

「森田座というと、芝居小屋ですか」

「はい」

金四郎が答えると、雛菊は淋《さび》しげな表情を覗かせた。

「私、一度だけ、芝居小屋に参ったことがございますよ」

「演目は、何を見たんですか」

雛菊は、さあ、と首を傾げた。

「十五のころでした。母に連れられて、芝居見物へ出かけたんです。話は具《つぶさ》に覚えておりませんが、華やかな舞台を見ているだけで、幸せだったのを覚えています」

廓《くるわ》言葉ではない、この女自身の心からの言葉なのだろうと、金四郎は感じた。

「また、ぜひ……」

と、金四郎は声に出し、慌ててそれを飲み込んだ。自由にならない吉原の女にとって、芝居を見るというのは、よほどのお大尽が金を積まねば叶《かな》わぬ話だった。金四郎の気まずい顔を見て、雛菊は静かに頭を横に振った。

「そうですね。いつかまた、見とうございますわいな」

雛菊は、廓言葉で答えた。

淋しげに目を伏せるその横顔が美しく、金四郎はその伏せた眦《まなじり》にあった涙黒子《なみだぼくろ》が、強く脳裏に焼きついた。

だがそれからほどなくして、金四郎が南畝と酒を飲み比べ、ふと振り向いたときには、雛菊は既に座敷から姿を消していた。

客席がわき、金四郎はわれに返る。舞台は見せ場の一つでもある、雪姫が囚《とら》われた場面に移っていた。

金四郎は、その舞台をじっと見詰める南畝の横顔を見た。

「思い出したんですよ、先生」

「何を」

「あの夜、俺は、雛菊と話をしたんです。芝居を見たことがあると言っていたんですよ」

南畝は、舞台からふと金四郎に目を転じて、そうか、と一言だけ言った。

金四郎は舞台を見ながら、雛菊が指で触れた自分の頬をそっと撫でてみた。頬は熱を持ち、鼓動が速まるのを感じた。胸の奥底から苦い水が湧き上がるような心地を覚え、金四郎はグッと息を呑んだ。

自分はなぜ、あの時、もっと気の利いたことを言えなかったのだろう。芝居に来ることなどできない雛菊に心ないことを言い、絶望を深めたのではないだろうか。もしもあの時、自分がもっと違う言葉をかけたなら、今も生きていたのではないだろうか。

たとえ、雛菊の命を救うことができなかったとしても、他にやりようはなかったろうか。あのまま、瀬川に吉三郎を斬らせてやれば良かったかもしれない。浄閑寺《じょうかんじ》で、女郎の墓の前で大店の若旦那が死んだとなれば、噂好きの江戸の町人は必ずやその出来事を噂するだろう。そうすれば、曾根崎心中の文句に託した雛菊の望みは叶ったのかもしれない。

しかし一方で、あのまま瀬川が吉三郎を斬るのを見過ごしたなら、大団円とは言えないだろう。美祢は悲しみ、若旦那を心中で失った万屋も明日とて知れぬ有様になったかもしれない。

それに、己の目の前で吉三郎が斬られるままにしていることを、見過ごすことはできただろうか。

思いはいつまでも堂々巡りを繰り返す。

「先生、俺はどうすれば良かったんでしょうね」

金四郎は、思わずそう呟《つぶや》いた。南畝は何も言わず、舞台を見詰めていた。

事の発端は、目の前にあったあの骸《むくろ》に驚き、慌てていただけだった。やがて、南畝に言われるままに調べ始めた金四郎は、真相を知ることで、雛菊の無念がいくらか晴れればいいと思っていた。

だが、調べるにつれて分かったことは、親を亡くし、吉原に売られ、許婚《いいなずけ》にまで去られたこと。夜中に井戸を覗いて何かを呪《のろ》い、遂には自らを殺すために刺客まで用意したこと。それなのに約束した心中相手も現れぬまま、ただ一人で見知らぬ男に斬られ、遺体を投げ込み寺に放り込まれて終わったこと。

広がったのは闇《やみ》ばかりだった。

「何かもっと、違うやりようがあったんじゃないでしょうか」

金四郎が呟いた。

「思い上がるなよ、金四郎」

南畝は、不意に低い声でそう言った。金四郎は、知らず身を硬くした。

「お前が、抗《あらが》い難く吉三郎を助けたっていうんなら、それはお前が決めたことじゃねえ。何でも、自分で決めたと思うのは、思い上がりってもんだ。お前が人の生き死にを左右できるほど、力を持っているはずもないだろう」

「じゃあ、誰が決めたんです」

金四郎は苛立った。南畝は飄々《ひょうひょう》とした表情を崩さない。

「お天道様かもしれねえし、仏様かもしれねえ。とっとと成仏した雛菊かもしれねえ」

金四郎は南畝に詰め寄る。

「先生が信心深いのは結構です。では、雛菊を斬ったのもお天道様やら仏様ですか。違うでしょう。瀬川兵蔵じゃないですか」

金四郎は苛立ちの全てをぶつけるように、南畝に迫る。南畝はその金四郎をじっと見つめる。

「それならお前さんは、瀬川が打ち首にでもなりゃ満足なのかい。恨みは晴れるとでも思うのかい。そも雛菊はあいつを恨んじゃいねえだろう」

金四郎は返す言葉に詰まり、唇を噛みしめた。

瀬川が咎めを受ければ気が済んだのかと言われれば、果たしてそうか、分からない。

ただ、何一つ割り切れない思いだけが残っているのだ。

「ただ、割り切れないのです」

南畝は静かにうなずいて、金四郎の目を見つめた。

「もしも誰かが殺したというのなら、この町の絡繰《からく》りだろうよ」

「絡繰り」

「そうさ」

跡継ぎについては法度で定められている。そのため、跡継ぎがなければ家は潰れるし、長男が継げば、次男以後は無役のままで生涯を暮らすことになる。身分ははっきりと分かれ、女郎に落ちたら這《は》いあがれないし、武士に斬られても文句は言えない。世を守るためとして、数多《あまた》の法度や習いが張り巡らされ、それはさながら精緻《せいち》な絡繰りのようなものだ。

そのすべての絡繰りが、あの日、あの時、カラカラと音を立てて回り、雛菊を、たった一人で死なすように追い立てた。

「誰が悪いわけでもないとは言わねえ。だが、誰かひとりだけというわけでもねえ。どうすることもできずに絡まっていったものが、確かにあったのさ」

金四郎は、南畝を睨む。

「そんな絡繰りは狂っています。絡んだものがあるというのなら、解いてしまえばいいでしょう」

駄々をこねる子供のように、金四郎は南畝に詰め寄った。南畝は、真っ直ぐ金四郎を見つめ返すと、静かな声で言う。

「確かに、この町の絡繰りはどこかが狂っているのかもしれねえ。でもな、大方の人が、何とかこの絡繰りの中でうまく渡って生きている。それを解けばまた、誰かが新しい絡繰りの中で絡まっていくだろう。それでも変えるって言うのなら、それこそお前がお偉い役人にでもならなきゃ、どうすることもできやしねえ」

金四郎は南畝から目を逸らした。そして、眉根《まゆね》を寄せて、うつむいたまま黙り込む。

南畝は手にしていた扇子を、開いて閉じて、開いて閉じた。

「俺はただ、無為に走り回っていただけだったんですね」

金四郎の声は細くなる。

「そうでもねえよ」

南畝はそう言うと、閉じた扇子で、金四郎のみぞおちをトン、と、突いた。

「ここが、痛いか」

金四郎は、南畝に突かれたところに手を当てた。あの朝に雛菊の骸を見つけて以来、その死を思うたびに、みぞおちが鈍く重く痛んでいた。南畝は黙ったままの金四郎を見て、静かにうなずいた。

「その痛みはな、お前が雛菊っていう一人の女の死を見届けた、確かな証《あかし》だ」

金四郎は視線を落として、手のひらでみぞおちを押さえ、そのまま着物をぎゅっと強く握り締めた。南畝はその様子をじっと見つめていた。

「これから先もこの町で生きていけば、何人もの生き死に様を目にするだろう。でも、最初のその痛みを忘れるな。慣れたりせぬよう、何度も何度も思い出せ。今のお前にできることは、たったそれだけだ」

金四郎は、固く唇をかみ締めた。ともすると、涙が溢れそうになるのをこらえていた。みぞおちにかかる重さは、いや増したように思えた。

南畝は、俯《うつむ》いたまま黙り込んだ金四郎の背を、慰めるように優しく叩いた。そして、ふと言った。

「あとは、芝居が癒《いや》してくれる」

金四郎はゆっくりと顔を上げて、舞台に視線を向ける。

大膳を演じる市ノ川市蔵が、威風堂々と登場していた。そして、その姿に観客たちから大向こうの声がかかり、歓声が沸く。それはさながら地鳴りのように、森田座全体を揺らしているように思えた。

「現《うつつ》の世はな、あんなふうに、分かりやすく隈取《くまどり》描いた悪役はいねえ。あんなふうに、うまい具合に救われる姫もいねえ。でも、その物語のようなものもあるかもしれないっていう思いが、救いになるのさ。だからこうして、芝居小屋には人が来る」

金四郎は、ただ黙って、その声を聞いていた。南畝は金四郎を見て、微笑んだ。

「あの女も、芝居を見たと言ったんだろう」

金四郎の脳裏に、芝居の話をしたときの、雛菊の柔らかい笑みが浮かんだ。

南畝は、すっと扇子で舞台を指した。

「だからこそ、ここを目指して死ねたんだ。絡まっちまった人生の向こうに、この舞台に描かれる結末があるのなら、それもいいと、そう思ったんだろう」

南畝は静かにそう言った。

「恋の手本となりにけり」と、何度も何度も念じるように、雛菊は書いた。いつの日か、心中物語の主役になることを夢見て。

町の絡繰りゆえに、真っ暗な穴に落ち込んだ雛菊にとって、自分を模した女形《おやま》が華麗に舞う姿を思い描いて死ぬことだけが、ただ一つの光だったのだろう。

囃子の響きと、唄《うた》の声を聞くうちに、金四郎の脳裏に、あの朝の景色が思い出された。

色のない田んぼに、鮮やかな花が咲いたように、黄柳色の着物を広げ、白い喉元に朱色を散らして倒れていた雛菊。真正面から斬られながら、その目は天を仰ぎ、涙のあとを残していた。それは、悲しいが、とても美しい光景にも思えた。

金四郎は目を閉じた。瞼《まぶた》の裏で、舞台で舞う雪姫の姿が、雛菊の姿に重なって見えた。最後の囃子の笛が響き、幕が引かれるまで、金四郎はそのまま、目を閉じていた。

解説

末國善己

二〇二三年七月十九日、永井紗耶子《ながいさやこ》の『木挽町《こびきちょう》のあだ討ち』が第一六九回直木賞を受賞した（垣根涼介《かきねりょうすけ》『極楽征夷大将軍』と同時受賞）。著者は二〇一〇年に『絡繰《からく》り心中』で第十一回小学館文庫小説賞を受賞してデビューした（刊行時に『恋の手本となりにけり』に改題。文庫化時に『部屋住み遠山金四郎　絡繰り心中』に改題）。それから順調に作家としてのキャリアを積み重ねていたが、なぜか賞レースとは無縁だった。ところが二〇二〇年六月刊行の『商う狼　江戸商人杉本茂十郎』が第十回本屋が選ぶ時代小説大賞、第四十回新田次郎文学賞などを受賞し、二〇二三年一月刊の『木挽町のあだ討ち』が第三十六回山本周五郎賞とのW受賞になるなど、デビュー十年を超えてから次々と文学賞を受賞している。

『木挽町のあだ討ち』は、木挽町にある芝居小屋・森田座の裏で、美しい若衆の菊之助が、父を殺した下男の作兵衛を殺し首級をあげて称賛を浴びた事件から二年後、菊之助の縁者だという加瀬が森田座の関係者から話を聞いてまわり、事件の意外な真相を浮かび上がらせる時代ミステリーになっていた。この構造は、悪所だった遊廓と芝居町を主要な舞台にし、探偵役が被害者や事件関係者の過去を掘り下げることで真相にたどり着く『絡繰り心中』に近いものがある。著者は原点回帰をして直木賞を受賞したともいえるだけに、デビュー作が本書『絡繰り心中〈新装版〉』として刊行されるのは、著者の小説世界をより深く理解でき、時代がようやく著者に追いついたことも分かるだけに意義深いといえる。

物語は、江戸で町人文化が華開いていた文化八年（一八一一年）、男芸者風の黒い羽織を着た金四郎が、吉原近くの田んぼで女の死体を発見する場面から始まる。すぐに稲本屋の三雲太夫の座敷に引き返した金四郎は、御家人で文人としても名高い大田南畝《なんぽ》を連れ現場に戻ってくる。そこで金四郎が、旗本の遠山家の十九になる息子ながら家を飛び出して木挽町の長屋で暮らし、木挽町の森田座で笛方の見習いをしており、金四郎の父と仲のよい南畝が、金四郎のお目付け役になっていることが分かる。

時代小説や時代劇が好きな方なら、金四郎が江戸北町奉行、南町奉行などを歴任する左衛門尉《さえもんのじょう》景元《かげもと》の若き日の姿だと気付くだろう。作中に指摘があるが、南畝と金四郎の父・景晋《かげみち》は、旗本・御家人の学問奨励のため寛政の改革の一つとして始まった学問吟味《ぎんみ》の二回目（一七九四年）を受け成績優秀で褒賞《ほうしょう》されている。また金四郎に協力する浮世絵師の歌川国貞は、文化八年から天保末（一八四四年）頃まで五渡亭《ごとてい》の号を用いたが、これは南畝がつけたとされている。このように著者は、丹念な時代考証で事件を追う三人の関係を構築しているのである。なお森田座にいた囃子《はやし》方の芳村（吉村とも）金四郎は若き日の遠山金四郎とされており、この説は本書でも使われている。

景元には放蕩《ほうとう》無頼の生活を送っていた若い頃に刺青《いれずみ》を入れたとの説があり、時代劇では、お白洲で知らぬ存ぜぬを通す下手人に景元が桜吹雪《さくらふぶき》の刺青を見せて啖呵《たんか》を切るシーンがクライマックスになっている。ただ景元の刺青を確定する史料はなく、場所は右腕のみ、左腕のみ、全身、図柄も桜吹雪、桜の花びら一枚、手紙をくわえ髪を振り乱す美女の首などの伝聞が残っているだけである。そのため刺青はなかった説や、寛政十年（一七九八年）に江戸南町奉行になった根岸鎮衛《ねぎしやすもり》に刺青があったとの巷説《こうせつ》があり、それが景元とも混同されて広まったとする説もある。作中で刺青への言及がないのは、史料を重視した結果でもあるのだろうが、金四郎＝刺青のイメージを覆すことで新たな人物像を作ろうとした著者のチャレンジ精神もうかがえる。

南畝の勧めで吉原へ向かった金四郎は、森田座で役者絵を手掛けている国貞に出会う。金四郎から殺された雛菊の状態を聞いた国貞は、足抜けに失敗して吉原の男衆《おとこし》に殺されたのなら死体をそのままにしておくはずはないし、自害なら部屋でできる、見ず知らずの人間が犯人なら、被害者は逃げるはずなので傷は背中にあるが、雛菊は正面から斬られていると的確な分析をした。実は、国貞は師匠に連れられて行った宴席で殺された雛菊に会っており、大坂堂島新地の遊女お初と醤油商の手代・徳兵衛が心中した実際の事件を題材にした近松門左衛門の浄瑠璃『曾根崎心中』（一七〇三年初演）の結びの一文「恋の手本となりにけり」と書かれた文を受け取っていた。

　これらの謎を解くため金四郎は、まず雛菊の過去を調べる。「醜女《しこめ》」で人気のない遊女だったが、最上位の花魁《おいらん》であるお職の三雲太夫の従妹だったため下働きになり事情に通じているお勝によると、武家の娘らしかった雛菊は、売られてきたのは既に十七だったが可愛らしく、文字の読み書き、礼儀作法、音曲を身に付けていて将来はお職と期待されていた。だが華やかさを売りにする花魁としては陰の部分が濃く、三雲太夫にはかなわなかった。そんな雛菊は、清という男に惚《ほ》れ、来るたびに喜んでいたが、清の結婚が決まり「もう来ない」との文をもらった。それから雛菊は誰彼かまわず客を取るようになり、三度通った客には心中を持ちかけるようになったという。

　清が御徒《おかち》の山川清右衛門であると突き止めた金四郎は、南畝の提案で、試合をして金四郎が勝ったら一つ頼みごとができる約束をした。金四郎と清右衛門の勝負には圧倒的なスリルがあり、何度か描かれる迫真の剣戟《けんげき》は物語のアクセントになっている。

　清右衛門によると、雛菊（吉原に売られる前はお菊）は同じ御徒の娘で、兄がいた清右衛門は幼馴染みのお菊の家に婿入りするはずだった。だがお菊の父が正式な跡継ぎを決めないまま急逝《きゅうせい》し、慣れない金策に走った母も病に倒れ、お菊は母方の遠縁に預けられたが、そこから吉原に売られてしまった。消息不明になったお菊の居場所を知った清右衛門は、金子《きんす》が尽きるほど何度も吉原に通うが両親に露見してしまう。次男で養子先が見つからなければ結婚も就職もできず実家で飼い殺しにされる清右衛門には、雛菊を落籍する財力はなく、両親が探してきた同じ御徒の娘と結婚したのだ。

　実家が没落した雛菊、長男と違って生まれた時から不自由を強《し》いられる清右衛門の過去は、子供のいない遠山家に養子に入るも養父母に実子の景善《かげよし》が生まれた景晋が、家督を養子にした景善に継がせるのか、実子の金四郎に継がせるのかで悩み、こうした複雑な家庭の事情も原因で家を出た金四郎の境遇とも共鳴しているので、強く印象に残るのではないか。これらは江戸時代の特殊事情に思えるかもしれないが、雛菊、清右衛門、金四郎が直面する家庭の問題は、貧困で進むべき進路が限られた、親の反対を押しきってまで自分らしく生きられない、家に居場所がなく自分探しのために外に出るケースに近いので、現代の特に若い読者は共感も少なくないように思える。

　三雲太夫から雛菊の気になる客として万屋吉三郎の名を聞いた金四郎は、糸物問屋の中でも屈指の大店《おおだな》である万屋へ向かう。吉三郎は三代目の次郎八の息子だが、大店の若旦那で、お美祢《みね》という小町娘の許婚《いいなずけ》もいるが、恵まれた自分に満足していないかのように暗い影をまとっていた。国貞によると、雛菊には花魁に不可欠の華がなかったが、「不幸な香り」に魅かれる男もいて、吉三郎もその一人かもしれないらしい。

だが雛菊が心中を望んだ相手が吉三郎だったとしても、事件当日は万屋が火付けの被害に遭って吉原に行けなかったという（現代風にいえば）鉄壁のアリバイがあった。さらに金四郎が助けに入らなければ、吉三郎が武家らしき男に斬り殺されていたかもしれない事件も起こり、雛菊殺しの調査は混迷を深めていく。

吉三郎が巻き込まれた事件を突破口にして、金四郎は雛菊殺しの真相に迫っていくが、犯人が捕まってハッピーエンドという単純な構成にはなっていない。被害者と周辺人物の暗い過去を明らかにした金四郎は、犯人の壮絶な過去を浮かび上がらせ、人間の心に潜む闇と社会の奥底に蠢《うごめ》く暗部という普遍的な問題に切り込んでいるのだ。

まず著者は、勧善懲悪の図式を否定して見せる。現代人は、政治にしても、何らかの事件にしても、当事者の一方を善、もう一方を悪にする単純な図式で理解しようとする。被害者に罪がないなら犯人は極悪人にされるし、加害者が理不尽に耐えかねて犯行に及んだなら被害者が悪人にされ犯人に同情が集まるというのが、分かり易い例だろう。だが本書で金四郎が事件関係者の知られざる過去を掘り起こしたように、見え難いところに被害者、加害者の本当の姿があるかもしれないので、善悪の単純化は真相を覆い隠す危険もあるのだ。ニュース番組のコメンテーターにしても、ネット上に溢れる膨大な個人の書き込みにしても、ゴシップから政治問題までを勧善懲悪で割り切る風潮が強い今の方が、本書の問題提起がリアルに感じられるように思えた。

もう一つ著者は、あえて不条理な解決法を描くことで、お上が決めた法律、家庭、地域共同体、教育などによって形作られた倫理観、世間体（同調圧力）などに縛られている中で、小さな個人はどのように生きるべきかを問い掛けている。法、倫理、世間体はすべて変えることはできるが、南畝が指摘するように、何かを変えて縛りを一つ無くしても、変えたことによって別の縛りができるかもしれない。蜘蛛《くも》の巣のように張り巡らされた社会的システム（絡繰り）は今も存在しているどころか、テクノロジーの発達でますます見えにくくなり、それが時に個人を圧殺することもあるだけに、本書のテーマは初版の刊行時よりも現在の方が生々しいほどである。

江戸時代の結婚は武家も町人も変わりなく、個人の恋愛の結果ではなく、家と家の結び付きを深めるためのものだった。そのため、家と家を繋げるというルールを逸脱する心中は絶対的なタブーで、幕府は心中ものの浄瑠璃や歌舞伎、心中を報じる読売（瓦版）を禁止し、心中（未遂も含む）した男女は厳しく処罰した。辛い人生を送ってきた雛菊は、「恋の手本」になるような心中に憧れるが、それは美しいかもしれないが悲しい。どん底に落ちると死んだ方が楽と考えてしまうかもしれないが、著者は雛菊の悲劇を通して、何があっても生きなければならないと強調している。厳しい生活を強いられている現代人は、著者のメッセージを重く受け止める必要がある。

最後に、その後の金四郎について補足しておきたい。天保十一年（一八四〇年）に江戸北町奉行に就いた金四郎は、翌年に老中の水野忠邦《みずのただくに》が始めた天保の改革により江戸市中の奢侈《しゃし》禁止と風俗の取り締まりを命じられる。風俗の取り締まりには寄席《よせ》の削減や歌舞伎への規制も含まれていたが、金四郎は庶民の娯楽を奪うとして反対し、忠邦と側近で目付（後に江戸南町奉行）の鳥居耀蔵《とりいようぞう》と対立した。金四郎が名奉行とされたのは、江戸っ子が愛した歌舞伎を守ろうとしたからとの説もあるほどなのだ。金四郎が市井《しせい》で生きる人たちの悲しみを心に刻む本書のラストは、町奉行時代の金四郎の活躍を暗示しているようなので、金四郎のその後を知っておくと感慨も深いだろう。

末國善己（すえくに・よしみ／文芸評論家）

小学館文庫
好評既刊

勘定侍 柳生真剣勝負〈一〉 召喚

上田秀人

ISBN978-4-09-406743-9

大坂一と言われる唐物問屋淡海《おうみ》屋の孫・一夜は、突然現れた柳生家の者に御家を救えと、無理やり召し出された。ことは、惣目付《そうめつけ》の柳生宗矩《むねのり》が老中・堀田加賀守《かがのかみ》より伝えられた、四千石の加増にはじまる。本禄と合わせて一万石、晴れて大名となった柳生家。が、大名を監察する惣目付が大名になっては都合が悪い。案の定、宗矩は役目を解かれ、監察される側に立たされてしまう。惣目付時代に買った恨みから、難癖をつけられぬよう宗矩が考えた秘策が一夜だったのだ。しかしなぜ召し出すのが商人なのか？　廻国中の柳生十兵衛も呼び戻されて。風雲急を告げる第１弾！

小学館文庫
好評既刊

死ぬがよく候〈一〉 月

坂岡 真

ISBN978-4-09-406644-9

さる由縁《ゆえん》で旅に出た伊坂八郎兵衛は、京の都で命尽きかけていた。「南町の虎」と恐れられた元隠密廻り同心も、さすがに空腹と風雪には耐え切れず、ついに破《や》れ寺《でら》を頼り、草鞋《わらじ》を脱いだ。冷えた粗菜にありついたまではよかったが、胡散臭《うさんくさ》い住職に恩を着せられ、盗まれた本尊を奪い返さねばならぬ羽目に。自棄《やけ》になって島原の廓《くるわ》に繰り出すと、なんと江戸で別れた許嫁《いいなずけ》と瓜二つの、葛葉《くずのは》なる端女郎《はしじょろう》が。一夜の情を交わした翌朝、盗人どもを両断すべく、一条戻橋《いちじょうもどりばし》へ向かった八郎兵衛を待ち受けていたのは……。立身《たつみ》流の秘剣・豪撃《こわうち》が悪党を乱れ斬る、剣豪放浪記第１弾！

小学館文庫
好評既刊

人情江戸飛脚 月踊り

坂岡 真

ISBN978-4-09-407118-4

どぶ鼠の伝次は余所様《よそさま》の隠し事を探る商売、影聞きで食べている。その伝次、飛脚を商う兎屋の主で、奇妙な髷《まげ》に傾《かぶ》いた着物をまとう粋人の浮世之介にお呼ばれされた。瀟洒《しょうしゃ》な棲家《すみか》狢亭《むじなてい》に上がると、筆と硯《すずり》を扱う老舗大店の隠居・善左衛門がいた。倅の嫁おすまに悪い虫がついたらしく、内々に調べてほしいという。「首尾よく間男と縁を切らせたら、手切れ金の一割、千両なら百両を払う」と約束する隠居に、生唾を飲み込む伝次。ところが、思わぬ流れとなり、邪な渦に呑み込まれ……。風変わりで謎の多い浮世之介とともに弱きを救い、悪に鉄槌《てつつい》を下す、痛快無比の第１弾！

小学館文庫
好評既刊

春風同心十手日記〈一〉

佐々木裕一

ISBN978-4-09-406843-6

定町廻り同心の夏木慎吾が殺しのあったという深川の長屋に出張ってみると、包丁で心臓を刺されたままの竹三が土間で冷たくなっていた。近くに女物の匂い袋が落ちていたところを見ると、一月前に家を出ていった女房おくにの仕業らしい。竹三は酒癖が悪く、毎晩飲んでは、暴力をふるっていたらしいのだ。岡っ引きの五六蔵《ごろぞう》や女医の華山らに助けを借りて探索をはじめた慎吾だったが、すぐに手詰まってしまい……。頭を抱えて帰宅した慎吾の前に、なんと北町奉行の榊原忠之が現れた⁉　しかも、娘の静香まで連れているのは、一体なぜ？　王道の捕物帳、シリーズ第１弾！

小学館文庫
好評既刊

土下座奉行

伊藤尋也

ISBN978-4-09-407251-8

廻り方同心の小野寺重吾はただならぬものを見てしまった。北町奉行所で土下座をする牧野駿河守《するがのかみ》成綱《なりつな》の姿だ。相手は歳といい、格といい、奉行よりうんと下に見える、どこぞの用人。なのになぜ土下座なのか？　情けないことこの上ない。しかし重吾は奉行の姿に見惚《みと》れていた。まるで茶道の名人か、あるいは剣の達人のする謝罪ではないか、と……。小悪を剣で斬る同心、大悪を土下座で斬る奉行の二人組が、江戸城内の派閥争いがからむ難事件「かんのん盗事件」「竹五郎河童《かっぱ》事件」に挑む！　そしていま土下座の奥義が明かされる――能鷹隠《のうよういん》爪《そう》の剣戟《けんげき》捕物、ここに見参！

小学館文庫
好評既刊

八丁堀強妻物語

岡本さとる

ISBN978-4-09-407119-1

日本橋にある将軍家御用達の扇店〝善喜堂《ぜんきどう》〟の娘である千秋は、方々の大店から「是非うちの嫁に……」と声がかかるほどの人気者。ただ、どんな良縁が持ち込まれても、どこか物足りなさを感じ首を縦には振らなかった。そんなある日、千秋は常磐津の師匠の家に向かう道中で、八丁堀同心である芦川柳之助と出会い、その凜々しさに一目惚れをしてしまう。こうして心の底から恋うる相手にようやく出会えたのだったが、千秋には柳之助に絶対に言えない、ある秘密があり——。「取次屋栄三」「居酒屋お夏」の大人気作家が描く、涙あり笑いありの新たな夫婦捕物帳、開幕！

―――本書のプロフィール―――

本書は、第十一回小学館文庫小説賞を受賞し、二〇一〇年十月に刊行された単行本『恋の手本となりにけり』を改題改稿し、文庫化した『部屋住み遠山金四郎　絡繰り心中』を改稿、新装版にしたものです。

小学館文庫

絡《から》繰《く》り心中《しんじゅう》
〈新装版《しんそうばん》〉

著者　永井《ながい》紗《さ》耶《や》子《こ》

二〇二三年十二月十一日　初版第一刷発行

発行人　庄野　樹
発行所　株式会社　小学館
〒一〇一-八〇〇一
東京都千代田区一ツ橋二-三-一
電話　編集〇三-三二三〇-五九五九
　　　販売〇三-五二八一-三五五五
印刷所――――大日本印刷株式会社

ISBN978-4-09-407315-7